www.tredition.de

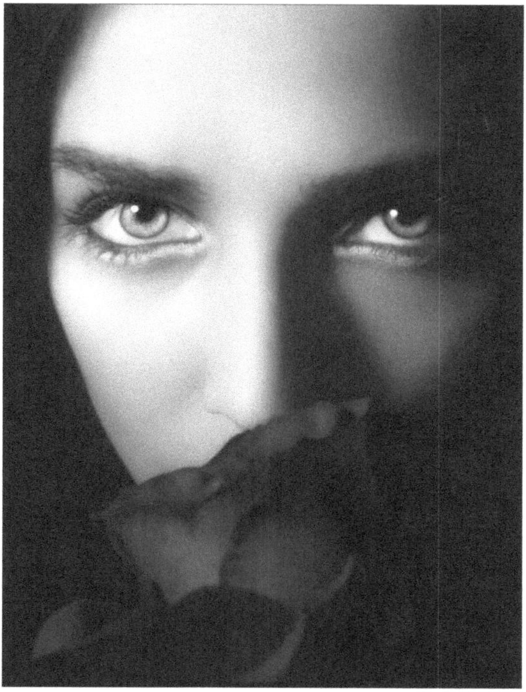

TRIVIALLITERATUR - MYSTERY

Detect - erkennen

Denis Geier

DETECT

Horror-Heim
Angenommen, es wäre wahr

Trash-Kurzroman

1.Auflage
Vollständige Taschenbuchausgabe
Deutsche Erstveröffentlichung

Copyright © 2016 by Denis Geier
Verlag: tredition GmbH, Hamburg

ISBN Paperback: 978-3-7345-0291-0
ISBN Hardcover: 978-3-7345-0292-7

Korrektorat: T.Krauter/Punkt&Komma.net
Quellennachweis: siehe Seite 137

Sie finden uns im Internet unter
www.Betreuung-4-Senioren.de

Printed in Germany

Inhaltsverzeichnis

O Oliver Tyler ist ein hingebungsvoller und engagierter Seniorenbetreuer, der in einem renommierten Altenheim in London arbeitet. Dort hat er täglich mit Menschen zu tun, die unter demenzbedingten Fähigkeitsstörungen, geistigen Behinderungen oder psychischen Erkrankungen leiden. Alle diese Menschen benötigen aufgrund ihrer eingeschränkten Alltagskompetenz intensivere Betreuung. Für die Umsetzung solcher Maßnahmen ist unter anderen Oliver zuständig. Deswegen kennt er auch alle Biografien, Vorlieben, Abneigungen und die meisten unerfüllten Wünsche seiner Bewohner. Für diese ist er deshalb mehr als nur ein Ansprechpartner, er ist eine geschätzte und diskrete Vertrauensperson.

Eines Tages wendet sich die Bewohnerin Darzy McLorney an ihn. Sie ist laut Pflegepersonal am frühen Morgen völlig verwirrt aufgewacht und hat sofort lauthals nach ihm verlangt.
„Ich muss unbedingt mit Oliver Tyler reden",

schrie sie die gesamte Zeit. Bis er endlich eintraf. Oliver konnte sich gar nicht richtig setzen, da konfrontierte Darzy McLorney ihn auch schon mit überraschend persönlichem Wissen. Wissen über Oliver und über Ereignisse seiner Vergangenheit. Geschehnisse, über die eigentlich nur er Kenntnis hat. Doch woher hat Darzy McLorney auf einmal dieses Wissen?

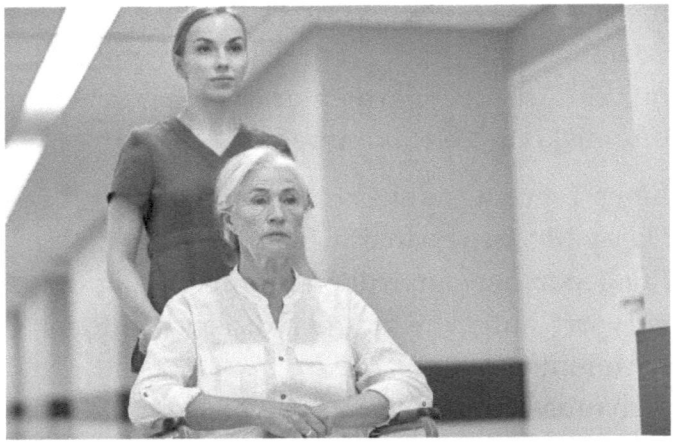

Go to bed

Gegenwart:

„Ab ins Bett", ruft Oliver Tyler, der Vater vom kleinen Toby. „Komm endlich und gib deinem Daddy noch einen Kuss!", ergänzt im selben Augenblick seine Mum. Normalerweise hätte sich Toby darüber aufgeregt, aber an diesem Abend tut er es nicht. Artig gibt er allen einen Kuss und verschwindet. Seine Eltern schauen sich ungläubig und fassungslos an. „Ist alles in Ordnung?", ruft der Vater neugierig Toby hinterher. Dieser antwortet ihm sehr leise und läuft dabei weiter. Ununterbrochen schwafelt er jetzt vor sich hin und wird erst an der Treppe, die ins obere Stockwerk und in sein Zimmer führt, wieder ruhig. Dann wandert sein Blick erwartungsvoll in Richtung guter Stube. Dort sitzt immer noch sein Vater sprachlos auf dem Sofa und wirkt wie geistesabwesend. Er scheint immer noch völlig überrascht und auch etwas überfordert von dieser Situation. „Toby geht heute artig und ohne Widerworte ins Bett", scheint auf seiner

Stirn zu stehen. „Da stimmt doch was nicht",
denkt sein Vater. So steht er etwas verzögert
und sehr schwerfällig vom Sofa auf und folgt
Toby, der mittlerweile schon sein Zimmer
erreicht hat. Vorsichtig klopft er an die Tür
und tritt langsam hinein.

„Hey, mein Großer, was ist dir denn heute für
eine Laus über die Leber gelaufen?"

Doch auf diese Frage gibt es keine Reaktion.
Infolgedessen streift Oliver ziellos im Raum
umher. Er schaut sich um und versucht durch
verbale Fragen ein Gespräch mit seinem Sohn
zu beginnen. Doch dieser boykottiert jeden
Versuch. Lieber versteckt er sich jetzt unter
seiner Bettdecke. Diese Reaktion ist für einen
Zwölfjährigen sicherlich normal, wenn man
sich unverstanden oder schlecht behandelt
fühlt. Vielleicht auch, wenn man enttäuscht ist
oder wütend, doch warum hat Toby solche
Gefühle?

Warum, weshalb und wieso?

Vater Oliver ist sich keiner Schuld bewusst.
Und so schleicht er sich, wie ein Tiger auf
Beutefang, immer näher an Tobys
Bettenfestung heran. Bis er letztendlich sein

Ziel erreicht und sich vorsichtig auf die Bettkante setzt. Mit seiner Hand streichelt er nun über die dünne Decke, unter der sich sein Sohn versteckt hält.

Da endlich bekommt er eine Reaktion auf seine empathische Aktion. Eine Antwort, mit einer Stimme, die tonlos und dennoch voller Bilder ist: „Nebel, Kälte, Monster in der Dunkelheit und ein alter Mann, der erst freundlich lächelt und sich dann in ein Ungeheuer verwandelt. Ich versuche davonzulaufen, doch ich werde festgehalten." Der Vater sieht seinen Sohn verblüfft an. Er ist sich ziemlich sicher, dass es sich bei dieser Schilderung nur um einen schlechten Albtraum handelt, und daher nimmt er ihn tröstend in den Arm. „Großer", sagt er, „so etwas Verängstigendes passiert nun einmal. Es ist ein Teil des Lebens, auch einmal Furcht zu haben. Du hast nur schlecht geträumt, vielleicht ein Albtraum! So etwas hat jeder von uns schon einmal erlebt. Ich weiß, das ist echt gruselig und es fühlt sich auch noch alles so real an – richtig?" Toby nickt. „Als ich noch klein war …", erzählt sein Vater weiter,

„... und in etwa deinem Alter, hatte ich ebenfalls eine Angstphase. Ich kann mich zwar nicht mehr so genau daran erinnern, ob ich auch Albträume hatte, aber ich konnte einige Zeit wirklich sehr schlecht einschlafen. Ich hatte nämlich panische Angst vor dem Einschlafen. Ich befürchtete damals, dass ich nie wieder aufwachen würde. Tja, Schlafen ist schon so eine merkwürdige Sache. Ein Drittel unseres Lebens verschlafen wir und bis heute ist noch völlig unklar, warum wir wirklich schlafen müssen. Man weiß nur, dass der Schlaf eine lebenswichtige Funktion hat und für die Gesundheit und Entwicklung von Menschen wichtig ist. Ich selbst glaube ja eher, dass das Gehirn im Schlaf nur die Ereignisse des Tages auswertet und man deshalb verwirrende Resterinnerungen oder Déjà-vu-Gefühle im Traum sieht oder meint zu spüren. Ich kenne keinen einzigen Traum mit einem logischen Anfang oder einem logischen Ende." Mit einer beruhigenden Stimme und einem freundlichen Lächeln deckt er jetzt seinen Sohn zu. Dann hält er einen Augenblick inne und blickt zur Uhr, die an der Wand hängt. „Weißt du, wir Menschen fürchten uns meist vor Dingen, die wir nicht verstehen oder erklären können. Darum erschrecken dich auch diese merkwürdigen Träume. Es könnten ja auch Visionen oder Vorahnungen sein, die uns vor etwas Schrecklichem warnen sollen – es kommt dabei immer darauf an, was wir selber hineininterpretieren und am Ende als unsere eigene Wirklichkeit ansehen. Wenn wir fest daran glauben, dass diese beängstigenden Träume zum Beispiel für uns gefährlich sind oder einen wahren Inhalt besitzen, dann werden diese auch irgendwann tatsächlich für uns bedrohlich. Wenn du dich in die Ängste hineinsteigerst, könntest du vielleicht, wie ich damals, Angst vor dem Einschlafen bekommen und deshalb tagelang, selten oder gar nicht schlafen. Was wiederum zur Folge hat, dass die Symptome des Schlafmangels bei dir auftreten würden. Zum Beispiel Angstzustände und Depressionen oder erhöhte Reizbarkeit, Konzentrationsschwie-rigkeiten sowie ein Gefühl von Kälte. Diese relativ normalen Symptome würden aber deine Vermutung nur unterstreichen und bestätigen.

Es wird etwas Schreckliches passieren.

Du gerätst dadurch in so eine Art Hamsterrad, aus dem du dann alleine nicht mehr herauskommen wirst. Nach über 48 Stunden Schlafentzug kann es außerdem zu Halluzinationen und Gedächtnislücken kommen. Gruselig, oder? Es ist also immer nur eine Frage, wie man die Symptome und ihre Herkunft richtig deutet.

Früher dachten einige Menschen sogar, dass der Schlaf der kleine Bruder des Todes ist. Heute lässt sich alles wissenschaftlich irgendwie erklären, nur der Sinn des Schlafens halt eben noch nicht zweifelsfrei. Doch übernatürliche Phänomene sind Humbug. Nur der feste Glaube daran kann uns letztendlich wirklich beeinträchtigen oder sogar aktiv beeinflussen." „Und wie verliere ich meine Angst vor diesen furchteinflößenden, geheimnisvollen Dingen?", fragt Toby. Sein Vater zuckt die Achseln. „Ich glaube, das ist eine Kopfsache." Toby sieht seinen Vater fragend an. „Eine Kopfsache?" Olivers Augen wandern nach links – dahin, wo Toby seine besonders wichtigen Gegenstände, seine

Schätze aufbewahrt. In einer antiken Truhe. Dort deponiert er unter anderem seine ersten Kuscheltiere, wie zum Beispiel Teddy Watson und Mr. Mietz, einen Plüschtiger. Aber auch den Puppenkasper David, einige Kinderbücher und die ersten Bauklötze von Tobys Grandma, die bereits verstorben ist. „Darf ich?", bittet sein Vater freundlich und zeigt dabei auf die Truhe. Ohne Worte, nur mit einem bejahenden, langsamen Augenklimpern, genehmigt Toby das Öffnen seiner Schatzkammer. So steht sein Vater auf und geht zur Truhe. Vorsichtig und behutsam öffnet er den schweren, knarrenden Truhendeckel. „Wir können diese Angst gemeinsam besiegen", sagt er dabei und beginnt in der Truhe herumzuwühlen. „Was sucht du denn?", fragt Toby neugierig. „Erinnerst du dich noch an den Reim, den wir vor einigen Jahren zusammen gedichtet haben? Du warst damals so etwa acht." Toby überlegt kurz: „Ja, und?" „Diesen Reim, den haben wir uns zusammen ausgedacht. Erinnerst du dich nicht daran?" Toby kratzt sich am Kopf und versucht sich an die Verse zu erinnern. „Ja, ich glaube, es handelte sich um Insekten oder so?" Sein Vater ist derselben Meinung. „Ja, Insekten … und ich fand unseren literarischeren Versuch damals so schön, dass ich ihn in dein Kinderbuch ‚Der Angsthase Pfeffernase' geschrieben habe." Toby schaut seinen Vater mit großen Augen an und spürt die durchdringende, unbestreitbare, magische Gegenwart eines Geheimnisses. „Du glaubst, dieser Kinderreim könnte mir bei der Bewältigung meiner Ängste helfen?" „So schlimm sind deine Ängste doch gar nicht und dieser Reim könnte wie ein persönlicher Schutzzauber für dich wirken. Niemand anders kennt ihn und wir beide haben ihn uns in einem besonderen glücklichen Moment ausgedacht. Die Freude und Liebe, die in der Entstehung dieser Verse liegt, besiegt jegliche Art von Angst. So bist du nie allein, wenn du diese Strophen in einem Augenblick der Furcht aufsagst. Du musst nur fest daran glauben, dann werden diese Strophen dich beschützen." Nachdenklich kuschelt sich Toby wieder unter seine Decke und denkt dort über die Worte seines Vaters nach. Dieser wühlt währenddessen weiter in der Truhe, gibt seine Suche jedoch nach einiger Zeit auf. „Das Buch ist nicht in der Truhe. Also werde ich morgen, nach der Arbeit, mal auf dem Dachboden nachsehen." Dabei dreht sich Tobys Vater und sieht zum Bett. In diesem Augenblick blitzt ein Lächeln über sein Gesicht, denn sein kleiner Held ist trotz Furcht eingeschlafen. Vorsichtig gibt er ihm noch einen zarten Kuss auf die Stirn und verlässt dann wie auf Samtpfoten das Kinderzimmer.

Crazy embassy

P iep, piep, piep", stetig lauter werdend, beginnt auf einmal der Wecker, Oliver Tyler aus dem Schlaf zu reißen. „Dieser verfluchte Wecker", denkt er noch schlaftaumelnd bei sich, während er versucht, mit verschlafenen und fast noch verschlossenen Augen die Uhrzeit zu erkennen. Verschwommen nimmt er die Ziffern auf dem Digitalwecker zur Kenntnis. „Oh nein, kurz nach sieben", murmelt er antriebslos in sein Bettkissen. Dann quält er sich aus seinem Bett und zieht sich motivationslos, wie in Zeitlupe, an. Im Flur vernimmt er schon das kontinuierliche Treiben seiner Freundin, die damit beschäftigt ist, ihren gemeinsamen Sohn aus seiner Traumwelt zu erwecken. Dies geschieht, wie jeden Morgen, nach einem strengen Ablaufplan. Als Erstes steht seine Freundin, die seit einiger Zeit in einem separaten Zimmer schläft, auf und macht sich für die Arbeit fertig. Dann erklingt auch schon der Wecker von Oliver und er ist an der Reihe.

Während er nun das Bad besetzt hält, bereitet sie das Pausenbrot und den Frühstückstisch vor. Anschließend geht sie in Tobys Zimmer und ermahnt ihn, endlich seinen Hintern aus dem Bett zu bewegen. Dies geschieht in letzter Zeit leider immer etwas unfreundlicher. Doch auch Oliver bleibt nicht verschont und bekommt ebenfalls täglich seine Guten-Morgen-Standpauke. Zwar wechselt sie bei ihm die Beanstandungspunkte ständig, dennoch findet sie immer irgendetwas, was ihrer Meinung nach nicht korrekt ist. „Das kann ich euch tausendmal sagen, ihr hört mir einfach nicht zu." Oder: „Wie oft muss ich es euch denn noch sagen …" So schallt es am frühen Morgen immer durch die Wohnung. Deswegen sind Toby und Oliver auch recht froh, wenn sie die vielleicht auch gut gemeinten Zurechtweisungen und Belehrungen ihrer Mutter und Freundin nicht mehr wahrnehmen müssen. So gehen jetzt Vater und Sohn noch ein kleines Stückchen zusammen, bis sich ihre Wege an der U-Bahn-Station Bayswater trennen. Toby fährt von dort zu seiner Schule weiter und Oliver mit einer anderen Bahn zu seinem Arbeitsplatz. Doch bevor sein Zug auf dem Bahnsteig eintrifft, muss er heute noch etwa 10 Minuten warten. Diese Wartezeit nutzt er, um sich am Backshop einen leckeren kleinen Fingerfood zu genehmigen. Die Auslage des Bäckers ist mit allerlei Versuchungen gefüllt und der betörende Geruch von frisch gebackenen Kuchen umgarnt seine circa dreißig Millionen Geruchsnerven. So fällt Oliver die Auswahl auch nicht leicht. Suchend wandern seine Augen hin und her, bis sie endlich das Objekt seiner Begierde gefunden haben, Schokoladen-Croissants. „Zwei Stück hätte ich gern", sagt er zur Verkäuferin und sieht dabei sichtlich glücklich aus. Denn diese Schokoladen-Croissants sind hier so lecker, dass sie meistens blitzschnell ausverkauft sind. So geht er nun mit erhobenem Haupt und gut gelaunt wieder zurück zum Bahnsteig. Dabei verspeist er schon das erste Croissant und beobachtet nebenbei und desinteressiert das bunte Treiben an der Haltestelle. Auf einmal schleicht sich ein stechender Geruch in seinen Nasenvorhof. Diese Duftwolke stammt zu einhundert Prozent nicht von seiner Leckerei, sondern von einem älteren Mann, der sich in einem zerrissenen Trenchcoat und viel zu großen, dreckigen Stiefeln direkt hinter ihm postiert hat. Kontinuierlich verbreitet sich jetzt dieser eigentümliche Gestank. Eine Mischung aus kaltem Rauch und billigem Wein. Dadurch entsteht um diesen wahrscheinlich obdachlosen Mann ein menschenleerer Bereich. Auch Oliver möchte gerade den Abstand etwas vergrößern. Da fasst der Mann ihn unerwartet mit seinen schmierigen Händen an die Schulter. Konfus und aufgewühlt wirkt dieser auf einmal. Völlig verängstigt flüstert er unverständliche Worte in Olivers Richtung:

„Peccatores infideles filii Dei quem misisti veniat."

Doch Oliver versteht unglücklicherweise kein einziges Wort davon und als dem alten Mann dies bewusst wird, verstummt er. Mit seinen großen Augen sieht er jetzt wie durch Oliver durch. Dabei zittern nur noch seine Hände, der Rest des Körpers wirkt wie erstarrt und verspannt. Auf der Stirn des Alten erscheinen winzige Schweißperlen und mit diesen löst sich auch die Verkrampfung. Sein Blick

durchdringt Oliver nicht mehr und die Augen spiegeln auf einmal eine merkwürdige Zufriedenheit aus. „Kannst du es nicht spüren?", fragt der Mann bedächtig und sieht sich dann zufrieden auf dem Bahnsteig um. Hierbei dreht er sich mit ausgebreiteten Armen im Kreis. Sein Blick fokussiert die Stationsdecke und die anwesenden Passanten fokussieren mit ihren Blicken jetzt skeptisch diesen alten Verrückten. Wie aus heiterem Himmel tauchen auf einmal zwei Wachleute des Sicherheitsdiensts auf. Ohne ein Wort ergreifen sie den Mann und wollen ihn abführen. Da schreit er urplötzlich markerschütternd in die Menge: „Seid nüchtern und wachet; denn euer Widersacher, der Teufel, geht umher wie ein brüllender Löwe und sucht, welchen er verschlinge."*
(*1. Petrus 5:8) „Wieder ein Verrückter mehr, sperrt ihn ein!", brüllt jemand aus der Menschenmasse, als endlich die erwartete Bahn einfährt. Unverzüglich kehrt die Normalität zurück und das soeben Erlebte verschwindet in der Versenkung. So öffnen sich die Türen des Waggons und eine unaufhaltsame Menschenmenge drängelt sich

in die bereits weit überfüllten Abteile. Die
Türen schließen sich wieder und die Bahn
fährt los.

The last stretch

Nach wenigen Stationen erreicht Oliver Tyler endlich sein Ziel. Von hier aus sind es nur noch wenige Gehminuten zum Seniorenheim, dem Ziel seiner Reise. Mit einem Schmunzeln macht er sich auf den Weg und philosophiert mit sich selbst: „Wenn mir einer vor einigen Monaten erzählt hätte, dass ich mit nur vierundvierzig Jahren ins Altersheim gehe, hätte ich ihn wohl für verrückt erklärt. Und heute …", Olivers Schmunzeln verwandelt sich in ein sichtbares Grinsen, „…heute gehe ich sogar gerne ins Altersheim. Wenn man bedenkt, wie radikal sich das Leben für jeden Einzelnen verändern kann." Oliver verlässt die Haltestelle und stampft die Treppe der Unterführung hinauf. Da fängt es an zu regnen und die Stufen werden glitschig. Oliver blickt ärgerlich in die Regenwolken. „Okay, heute komme ich nicht gut gelaunt zur Arbeit." Dabei runzelt er die Nase, die gerade als Landebahn eines Regentropfens fungiert, und denkt weiter: „Eigentlich ist so ein Regenschauer doch etwas

Exzeptionelles. Die meisten Menschen würdigen ihn nur einfach nicht richtig. Sie regen sich nur darüber auf, dass sie nass werden oder keinen Schirm dabei haben. Doch was wäre, wenn es nicht mehr regnet? Pflanzen würden vertrocknen, Flüsse versiegen und schon nach kurzer Zeit wäre das Hauptthema die Wasserknappheit. Ja, alle würden jammern, klagen und barmen. Und sich nach Regen sehnen, nicht über ihn schimpfen. Es ist merkwürdig mit uns Menschen. Erst wenn wir etwas nicht mehr haben, wird uns die Bedeutung und der Wert bewusst." In diesem Augenblick betritt er die Lobby des Seniorenheims. Völlig überrascht, das Ziel schon erreicht zu haben, gibt es in Olivers Kopf eine Zäsur seiner Gedankenspiele. Kurzerhand ist er zurück in der Gegenwart und wird hier mit einem freundlichen Lächeln von Frau Fraser empfangen, die mit drei weiteren Bewohnern des Heims eine Runde Bridge spielt. „Na, mein Junge, wollen Sie wieder Ihre Schwester besuchen?", fragt sie freundlich und ausgelassen. „Ja, das ist richtig, aber bevor ich gehe, schau ich auch noch einmal bei Ihnen vorbei." Über diese Antwort scheint Frau Fraser höchst erfreut: „Wann gehen Sie denn wieder?", erkundigt sie sich sogleich. „Erst um sechs." „Gut, dann kann ich ja noch zu Ende spielen. Ab halb sechs bin ich dann auf meinem Zimmer." Oliver lächelt und nickt bejahend. Dann geht er weiter in Richtung Fahrstuhl. Bis dorthin sind es eigentlich nur circa zwanzig Meter. Doch zwei weitere Bewohner kreuzen seinen Weg und möchten sich gerne etwas unterhalten. Leider steht er heute etwas unter Zeitdruck. Denn gestern fand er nicht mehr die Zeit, sein Gruppenangebot für heute vorzubereiten. Und das, obwohl dies zu seinen primären Aufgaben als Betreuungsassistent für Senioren gehört. Deshalb muss er diesmal, freundlich aber bestimmend, alle verbalen Kommunikationsversuche hemmen, um vor Dienstbeginn – in circa fünfzehn Minuten – noch wenigstens einige Kommunikationsideen zu irgendeinem sinnvollen Thema vorzubereiten.

Endlich erreicht er den Fahrstuhl und die Kabinentür öffnet sich. Geistesabwesend, mit den Gedanken bei seinem Gruppenangebot, tritt er ein, drückt Stockwerk eins auf dem Tastenfeld und atmet noch einmal tief ein. Die Tür schließt sich wieder und der Fahrstuhl beginnt mit einem leichten Ruck seine Fahrt. Da spürt Oliver überraschend einen warmen Luftzug, der sanft über seine Nackenhaare pirscht. Unverzüglich bekommt er eine Gänsehaut und dreht sich erschrocken um. Dabei sieht er in die hellblauen, glitzernden Augen von Natascha. Natascha arbeitet im 3. Stock als Präsenzkraft und ist dort für die Versorgung der Bewohner verantwortlich. Normalerweise sind Präsenzkräfte Helferinnen oder Helfer, die ohne gesetzlich geregelte Ausbildung in der Pflege und Versorgung eingesetzt werden. Doch Natascha wurde ausschließlich für die Versorgung angestellt. So bleibt ihr hin und wieder noch etwas Zeit, sich mit den Bewohnern zu beschäftigen. Ihre Kollegen sehen dieses Engagement aber skeptisch, weil sie befürchten, durch Nataschas Einsatz noch mehr arbeiten zu müssen. Oliver hat jedoch ganz andere Befürchtungen, denn diese Frau könnte eine echte Gefahr für seine „Noch-

Beziehung" werden. Seitdem sie sich das erste Mal gesehen haben, hat es zwischen beiden geknistert. Und dass Natascha nicht abgeneigt ist, erlebt und erfährt Oliver täglich. Denn mit ihren eindeutigen, zweideutigen Andeutungen ist Natascha der aktive Part. Diese Tatsache genießt Oliver sichtlich, überschreitet aber dennoch nicht seine selbst gesetzte Grenze. Er hat ja noch einen Sohn, den er über alles liebt, und eine Freundin. Diese ist zwar zurzeit etwas zickig und abweisend, dennoch möchte er diese Beziehung nicht aufs Spiel setzten. Obwohl die Anreize immer unwiderstehlicher werden. „Du siehst auch niemanden, oder?", sagt Natascha mit einem erotischen Unterton auf einmal. Dabei sieht sie Oliver vorwurfsvoll und dennoch heiß an. Dieser Blick verunsichert ihn und stimuliert gleichzeitig seine Speichelproduktion. Diesen vermehrten Speichelfluss muss er nun erst einmal unter Kontrolle bekommen. Für den Abtransport der spontanen Speichelüberproduktion in der Mundhöhle über den Rachen (Pharynx) und durch die Speiseröhre (Ösophagus) in den Magen benötigt Oliver nur zwei

Transportphasen, da die orale Vorbereitungsphase (das Kauen) beim Speichelschlucken wegfällt. So beginnt er unbewusst mit dem Speicheltransport zum Rachen (Pharyngeale Phase) und weiter zur Speiseröhre (Ösophageale Phase). Dieser komplexe Vorgang sowie eine eindeutige Kehlkopfhebung während des Schluckakts bleibt Natascha natürlich nicht verborgen. Frech sagt sie darum zu Oliver: „Schätzchen, du hast doch nicht etwa Schluckstörungen?" Bei dieser Frage muss sich Oliver sogleich räuspern sowie etwas husten. Als er sich wieder fängt, möchte er gerne auf diese Frage antworten, doch dabei bleiben ihm die Worte im Hals stecken. Natascha amüsiert sich köstlich über Oliver. Da erreicht der Fahrstuhl den 1. Stock. Endstation für Oliver. Konfus verlässt er die Kabine, schaut sich dabei aber noch einmal um und beobachtet, wie sich Natascha schweigend mit einem betörenden Lächeln sowie einem verführerischen Augenblinzeln von ihm verabschiedet. Wie verzaubert bleibt er jetzt stehen, bis sich, nach einer gefühlten Endlosigkeit, die Fahrstuhltür wie in Zeitlupe vor ihm schließt. Oliver ist nun alleine und steht noch eine kurze Zeit, etwas verwirrt, auf dem langen Flur der Station. Dann setzt er seine Reise fort und geht ins Arbeitszimmer des „Betreuenden Sozialen Dienstes". Frau Brown ist auch schon dort. Sie ist eine besonders nette Kollegin und die Chemie zwischen den beiden stimmt. Ihr freundliches Wesen und ihre beeindruckende Sozialkompetenz sowie ihr flexibler kooperativer Führungsstil beeindrucken Oliver vom ersten Tag an. So ist das Arbeiten mit ihr als Chefin sehr angenehm, aber auch effektiv. Im Gegensatz zu dem Seniorenheim, in dem er vorher gearbeitet hat. „Guten Tag, Frau Brown", zwitschert Oliver nun gut gelaunt in den Raum, als er diesen etwas stürmisch betritt. „Stopp, stopp, stopp", ruft da Frau Brown. „Ich hab' da noch eine spezielle Aufgabe für Sie." Oliver sieht sie fragend an. „Was für eine Aufgabe?" „Wir bekommen heute eine neue Kollegin, die sich einmal unsere Arbeitsweise in der Seniorenbetreuung ansehen möchte." Während dieser Mitteilung kichert Frau Brown Oliver scheinheilig an und dreht sich dabei gleichzeitig schadenfroh auf ihrem

Arbeitsstuhl etwas nach links und etwas nach rechts. „Das ist jetzt Ihr Job. Die Neue begleitet Sie heute, also immer recht freundlich!" Oliver verdreht die Augen und ergibt sich in sein Schicksal.

Read aloud

Wenige Minuten später trifft die neue Kollegin ein. Frau Brown begrüßt sie herzlich und stellt ihr schnurstracks das Team vor. Währenddessen begutachtet Oliver die Praktikantin genau. „Es ist immer wieder überraschend...", analysiert er, „...dass nur wenige Sekunden einer Kennenlernphase genügen, um jemanden sympathisch oder unsympathisch zu finden." Und so ist seine persönliche Begutachtung und Bewertung auch schon nach wenigen Millisekunden abgeschlossen. Sein Urteil – missliebig – durchgefallen. Zwar weiß auch Oliver, dass dieser erste Eindruck nicht zwingend richtig sein muss, dennoch ist sein vorläufiges Resümee vernichtend. Dieses negative Gefühl verstärkt sich noch, als Frau Brown Oliver als ihren persönlichen Mentor im Bereich der Seniorenbetreuung vorstellt. „Sollten Sie Fragen haben, wenden Sie sich vertrauensvoll an Herrn Oliver Tyler", verkündet Frau Brown mit einem hämischen Lächeln. „Er ist Ihr persönlicher Ratgeber und

Berater in unserem Haus." Oliver atmet tief durch und versucht die angespannte Situation mit einem frechen, zweideutigen Spruch etwas aufzulockern. Dies misslingt ihm jedoch auf der ganzen Linie. Er erntet dafür nur vorwurfsvolle und missachtende Blicke. Alle seine Kolleginnen sehen ihn entsetzt an und Frau Brown weist Oliver vorwurfsvoll zurecht: „Wenn Sie nichts Sinnvolles beitragen möchten, dann seien Sie doch bitte ruhig." Totenstille verbreitet sich im Raum und Frau Brown wendet sich von Oliver Tyler ab. Dann legt sie ihren Arm auf die Schultern der neuen Kollegin und flüstert ihr, sodass es Oliver hören kann, ins Ohr. „Wenn es irgendwelche Probleme gibt, egal was, dann kommen Sie bitte zu mir." Die Praktikantin nickt zustimmend. Dann verlassen alle den Raum, nur Oliver und die Neue verbleiben noch etwas. Voller Antipathie schauen sich die beiden an. Degoutant und ärgerlich dreht sich Oliver um und bereitet, so gut wie möglich, sein Gruppenangebot vor. Doch ihm ist klar, dass nach so einem emotionalen destruktiven Vorfall nichts Gescheites aus seinem Kreativitätsfundus zu erwarten ist. So schnapp er sich akzidentell einfach ein Märchenbuch und steht auf.

„Ein Märchenbuch! Das nenne ich kreativ", wirft auf einmal die Praktikantin ironisch in den Raum. Oliver bleibt daraufhin unmittelbar stehen und atmet noch einmal und noch tiefer bewusst durch. Dann dreht er sich langsam um und versucht sachlich auf diese Bemerkung zu reagieren. „Vielleicht war ja unsere erste Begegnung ein kolossaler Reinfall und die Chemie stimmt einfach nicht zwischen uns. Dennoch sollten wir beide versuchen diesen Tag ohne größere Blessuren zu überstehen – Frieden?" Erwartungsvoll schaut Oliver sie an. Scheinbar desinteressiert stimmt sie zu. „Ich hab' ja nicht angefangen, mich wie ein Arschloch aufzuführen. Also sollten wir unsere Konversation auf das Notwendigste beschränken und dann überleben wir den Tag schon irgendwie." Oliver reicht ihr zum Zeichen des Friedens die Hand, dabei rutscht ihm jedoch eine kleine Bemerkung heraus, die er sich lieber verkniffen hätte: *„Das ist sehr rücksichtsvoll von Ihnen."* „Sorry, Herr Tyler, wollen Sie mich auf die Schippe nehmen? Sie sind derjenige, der mich die ganze Zeit angreift. Ich habe Ihnen überhaupt nichts getan. Ich mache hier nur mein Fachpraktikum und dann bin ich wieder verschwunden. Ich habe es überhaupt nicht nötig, mich von Ihnen so blöd anmachen zulassen. Ich bin hier, um etwas zu lernen, und wenn ich sehe, dass Sie für eine Seniorenbeschäftigungsmaßnahme nur ein Märchenbuch mitnehmen, dann erkenne ich darin keine besondere Qualifizierung." Oliver bleiben die Worte im Hals stecken, doch die Praktikantin ist noch lange nicht mit ihren Zurechtweisungen fertig. „Um Senioren richtig zu betreuen, benötigt man ein gewisses Maß an Empathie und Feingefühl sowie eine emotionale Wärme." „Aha, emotionale Wärme?" Oliver ist viel zu verdutzt, um irgendwie sinnvoll zu reagieren. „Ja, außerdem sollte jeder Betreuer ein ehrliches Interesse an seinen Bewohnern haben." „Weil ich jetzt ein Märchenbuch genommen habe, besitze ich also kein ehrliches Interesse?" „Wahrscheinlich nicht", erwidert die Praktikantin leicht selbstgefällig. „Sie müssen ja auch die Ressourcen jedes Einzelnen beachten und das ist mit so einem

niederschwelligen Beschäftigungsangebot wie Märchenvorlesen überhaupt nicht möglich."
„Und woher haben Sie diese Weisheit, wenn ich fragen darf?" „Von meinem Dozenten, der ist nämlich eine Koryphäe auf dem Gebiet der Seniorenbetreuung." „Und kennt der auch die wirklichen Aufgaben eines Betreuungsassistenten?" „Natürlich, zu den Aufgabe der Betreuungsassistenten gehören …" Mit einem unüberhörbaren „Stopp" unterbricht Oliver auf einmal den Redefluss seiner neuen Kollegin. „Sie können mich gleich mit Ihrem Wissen überrollen, aber vorher muss ich noch ein ‚niederschwelliges' Gruppenangebot arrangieren. Ich würde mich deshalb sehr darüber freuen, wenn Sie sich während dieser Maßnahme noch etwas zurücknehmen könnten und mir erst im Anschluss Ihre Kritik oder Fragen zukommen lassen – BITTE." Verständnislos sieht sie ihn mit großen Augen an und folgt ihm stoisch und missmutig in den Therapie- und Beschäftigungsraum. Dort werden sie bereits inständig erwartet. Freundlich begrüßt Oliver die anwesenden Bewohner und stellt dabei auch seine heutige Begleiterin vor. Ungesittet

fällt sie ihm dabei ins Wort und übernimmt ihre Vorstellung lieber selbst. Oliver übt sich währenddessen in Nachsicht und toleriert diese eigenständige Initiative der Neuen. Aufmerksam beobachtet er ihr Handeln und als er denkt, ihr Vorstellungsgespräch sei endlich zu Ende, greift sie sich einfach das Märchenbuch und beginnt selbst mit einer „niederschwelligen" Vorlesestunde. Hilflos und besiegt schaut Oliver ihr dabei zu.

„Es war einmal vor langer, langer Zeit, da lebte ..."

Superior woman

Als nach über fünfundvierzig Minuten die neue Praktikantin endlich zum Ende kommt, erhält sie von den anwesenden Bewohnern für diese Vorlesestunde Applaus. Oliver kann es überhaupt nicht fassen, was da gerade vor seinen Augen geschehen ist. Der Neuen ist es tatsächlich gelungen, die Bewohner in ihren Bann zu ziehen und diese auch vorbildlich zum Mitmachen zu animieren. Gut gelaunt verlassen jetzt nach und nach alle den Raum und Oliver muss schweren Herzens zugeben, dass sie das recht gut hinbekommen hat. Aber soll er ihr das wirklich sagen? Nicht, dass sie total abhebt und noch unausstehlicher wird. „Nun ja, manchmal sollte man vielleicht über seinen eigenen Schatten springen und Fehleinschätzungen korrigieren", denkt Oliver lautlos. „Wenn nur ihre gesellschaftlichen Umgangsformen besser wären. Etwas mehr emotionale Intelligenz und Feingefühl würden ihr guttun. Denn in ihr steckt einiges an Potenzial für diesen Beruf." „Und, wie hab' ich das gemacht?", erkundigt sich auf einmal ungewohnt friedfertig die Praktikantin. Oliver befürchtet sofort einen Hinterhalt bei dieser Frage. Irgendetwas, wodurch er wieder wie ein Idiot dasteht. Nur, was will sie mit dieser Fragestellung wirklich bezwecken? Hat sie ein ernsthaftes Interesse an seiner Meinung? Oder sucht sie nur eine weitere Möglichkeit, Oliver vorzuführen? Er ist sich völlig unsicher und bekommt sogar schon etwas feuchte Hände. Irgendwie hat er plötzlich auch das Gefühl, dass ein kleiner Frosch gerade versucht, seine Speiseröhre Richtung Kehlkopf zu erklimmen und ihn somit an einer Antwort hindern möchte. Vielleicht ist das auch gut so! Und so winkt er sie wortlos mit einer Handbewegung aus dem Beschäftigungsraum. Die Praktikantin folgt dieser nonverbalen Anordnung und wartet manierlich im Flur. Oliver braucht noch einen kleinen Moment, um sich zu orientieren. Dann verlässt auch er den Raum. „Zu den Hauptaufgaben eines Betreuungsassistenten gehört es, Menschen mit Demenz zu betreuen und zu aktivieren, um damit ihr Wohlbefinden und ihre Stimmung positiv zu beeinflussen", bemerkt

Oliver kaum hörbar, als er den Korridor betritt. Die Praktikantin vernimmt diese kaum vernehmbaren Worte aber genau und muss sich ihr Grinsen dabei verkneifen. „Wie bitte? Ich habe sie akustisch nicht verstanden", entgegnet sie gut gelaunt. Oliver rafft sich noch einmal zusammen und sagt, diesmal gut verständlich: „Besonders wichtig bei unserer Arbeit ist es, die erkrankten Bewohner zu respektieren und mit ihnen würdevoll zu arbeiten. Dabei sollten diese weder über- noch unterfordert werden. Dafür, dass Sie keinerlei Vorkenntnisse über die vorhandenen Ressourcen der Teilnehmer hatten und somit nur instinktiv handeln konnten, muss ich zugeben, dass Sie diese Vorlesestunde in Kombination mit Ihren eigenen zusätzlichen Beschäftigungsideen und Motivationsanreizen recht gut durchgeführt haben." „Natürlich", lautet ihre prompte Antwort. „So was kann auch nur diese Frau von sich geben", denkt Oliver resigniert. „Was glaubt die eigentlich, was ich hier tue? Da bin ich einmal freundlich und schon geht ihr sarkastisches Mundwerk wieder mit ihr durch? Ich mach' wohl in ihren Augen hier alles falsch! Diese neunmalkluge, diese …" Doch Oliver kann diese emotionell geladenen Gedanken nicht zu Ende führen, denn seine Ohren vernehmen urplötzlich ein lautes, vorwurfsvolles Räuspern. „Mhmh, kann es sein, dass Sie Ihre Arbeit hier nicht so ernst nehmen? Oder wie soll ich Ihre ständige Tagträumerei deuten?" Als Oliver diese Vorwürfe von seiner Praktikantin auffängt, reist sein Geduldsfaden endgültig. Er will gerade zum verbalen Gegenschlag ausholen, da erscheint freudestrahlend Natascha im Gang. Bei ihrem Anblick wird Oliver ganz warm ums Herz und seine aufgestaute Wut entschwindet sofort. Ein Lächeln breitet sich auf seinen Lippen aus und die Augen fixieren, wie verhext, den Weg von Natascha. So lange, bis sie letztendlich im Speisesaal verschwindet. „Und schon wieder sind Sie nicht anwesend", unterbricht und belehrt die Neue erneut. Mit einer kleinen Drehbewegung wendet Oliver etwas seinen Kopf und sieht die Praktikantin ungläubig an. Er wirkt plötzlich sehr ruhig, und seine Stimme bekommt einen onkelhaften Klang. „In meinem ganzen Leben habe ich noch nie so viel Blech gehört! Sie stehen als Praktikantin ohne jegliche

praktische Erfahrung vor mir und verbessern mich ständig. Nur weil Ihnen Ihr Dozent erzählt hat, wie es theoretisch sein müsste."
„Ja, und mein Dozent hat damit auch recht", kontert sie bockig und spricht weiter: „Tun Sie nicht immer so scheinheilig." Oliver schüttelt seinen Kopf. „Ganz ausgezeichnet, weiter im Text. Jetzt bin ich auch noch ein Scheinheiliger. Nur vorwärts, wie könnten Sie mich sonst noch nennen?" Hilflos blickt sie jetzt an die Decke. „Ich verstehe einfach nicht, warum wir immer wieder in solche unsinnige Streitereien geraten. Ich versuche Ihnen doch nur zu sagen, wie sie richtig betreuen können." Oliver verzweifelt immer mehr, deprimiert, freudenleer, niedergeschmettert und hoffnungslos gibt er auf. „Die meisten Theorien sterben in der Praxis", sind die letzten Worte, die zaghaft über seine Lippen schleichen. Dann klopft er an die Tür der Bewohnerin Malice-Maas. „Herein", wispert leise ein dünnes Stimmchen hinter der Tür. Oliver sieht seine Begleiterin noch einmal maßregelnd an und betritt gemeinsam mit ihr das Zimmer. Der Raum der Bewohnerin wirkt sehr düster und spartanisch eingerichtet. In

der rechten hinteren Ecke steht ein höhenver-
stellbares Pflegebett, frisch bezogen. Auf der
linken Seite ein altmodischer Schrank,
wahrscheinlich ein Mitbringsel aus ihrer
Wohnung, und vor dem kleinen Fenster, was
hinter einer fast schon undurchsichtigen
Gardine versteckt ist, steht ein kleiner Tisch
mit zwei Stühlen und einer winzigen
Ton-Vase, in der ein Plastikblümchen thront.
Insgesamt wirkt das gesamte Ambiente nicht
wirklich einladend. Doch Frau Malice-Maas
scheint diese Umstände genügsam zu
ertragen. Langsam und mit schweren Schritten
schleicht sie durch den Raum, bevor sie kurze
Zeit später einen der beiden Stühle am Tisch
erreicht und sich setzt. „Das ist aber schön …",
murmelt Frau Maas gutherzig, „… dass Sie
mich wieder einmal besuchen kommen. Wie
geht es Ihnen? Und wen haben Sie mir denn
da mitgebracht?" In Olivers Gesicht wächst
ein kleines Lächeln. „Das ist unsere neue
Praktikantin", sagt er deutlich vernehmbar,
dabei geht er auf die alte Dame zu.
Angekommen, kniet er sich vor sie hin. So
kann er sich auf Augenhöhe mit ihr
unterhalten. Frau Maas macht einen

zufriedenen Eindruck und genießt sichtlich die Anwesenheit ihrer Gäste. Dabei gerät sie geradezu in einen unaufhaltsamen Redestrudel. Deshalb fällt es Oliver auch nicht wirklich leicht, das Gespräch abzubrechen. Denn auf seiner Liste stehen noch einige andere Bewohner, die ihn ebenfalls erwarten. Infolgedessen verabschieden sich beide bei Frau Maas und verlassen das Zimmer. Im Korridor schaut Oliver kurz auf seinen Arbeitsplan. „So, die nächste Einzel-Betreuung haben wir bei Frau McLorney, dazu müssen wir eine Etage höher fahren."

Meet again

S ie haben sich übrigens eben gut
verhalten", bemerkt Oliver leise und
beiläufig. Dabei marschiert er zielsicher
weiter Richtung Fahrstuhl. Dieser schließt
dummerweise direkt vor den beiden und so
warten sie vorerst stilschweigend auf die
Rückkehr der Kabine. Die Praktikantin hat
plötzlich ein ungutes Gefühl, so als würde der
Felsbrocken des Sisyphos auf ihren Schultern
lasten. Stille. Nun gut, sie weiß ja, dass das
Programm für den Rest des Tages feststeht
und es deswegen notwendig ist, dass Oliver
seine Bewohner trotz ihrer Anwesenheit
überwiegend selbst betreut. Sie ist ja
schließlich die „Neue"! Doch eigentlich wollte
sie ihm mit ihrem Handeln ja nur zeigen, was
sie schon alles kann. Ihn etwas beeindrucken,
sodass er sie von Anfang an ernst nimmt und
als qualifizierte, gleichberechtigte Kollegin
und Fachkraft anerkennt. Ob sie ihre
Einsatzbereitschaft und Hingabe zu diesem
Beruf vielleicht etwas übertrieben hat?
Langsam aber stetig erklimmt eine kleine

Portion Selbstkritik ihren Hippocampus. Dieser Gedankenimpuls stimuliert wiederum ihre Nervenzellen im Gehirn, wodurch ein Schalter in ihrem Kopf umgelegt wird. Was zur Folge hat, dass die Praktikantin urplötzlich liebenswert, charmant und sympathisch auf Oliver wirkt. Allerdings verwirrt Oliver diese unerwartete, positive Ausstrahlung. Und deswegen fragt er sie prophylaktisch, ob alles mit ihr in Ordnung ist. Ihre Antwort ist schlicht und einfach „Ja". Da erklingt ein gedämpftes „Bing" und hinter den beiden öffnen sich die Fahrstuhltüren. Ganz baff von dieser komprimierten Antwort und ihrem neuen Charisma steigen er und seine veränderte Praktikantin in die Kabine. „Irgendetwas stimmt bei der doch nicht", vermutet Oliver. „Irgendwie ist sie ungewöhnlich, so exzentrisch, so sprunghaft, so launisch. Nun ja, ich glaub' ja schon, dass es manchmal hilfreich ist, selbst etwas schwachsinnig zu sein. Das erleichtert oft das Handeln auf der Station. Großartig ist auch, wenn man eine gehörige Portion Idealismus besitzt, die sich jedoch leider meistens auch nach einer gewissen Zeit verflüchtigt. Doch dieses Subjekt scheint komplett in einer anderen Welt zu leben. Ob wir die wirklich auf unsere Bewohner loslassen sollen?" Wieder erklingt das gedämpfte „Bing" und die Türen öffnen sich erneut. Beide gehen diesmal kontemporär, im Entenmarsch, durch den Korridor.

Dieser wirkt endlos und verlassen und obendrein schlängelt er sich wie eine Schlange durch das Gebäude. Auf ihrer Route kreuzt beide unverhofft ein eisiger Windzug von unbekannter Herkunft, dabei schwingen die selbstgebastelten Windspiele am Fenster unwillkürlich herum. Auch der abgenutzte Teppich wirkt wie verzaubert und scheint sich behutsam, wie leichte, dezente Meereswellen, zu bewegen – gespenstisch. Endlich bleiben sie stehen, sie haben die Zimmertür von Darzy McLorney erreicht. Oliver Tyler ergreift abermals das Wort. „Bei dieser Bewohnerin handelt es sich um eine sehr introvertierte Person. Frau Darzy McLorney ist sehr zurückhaltend, schweigsam und distanziert. Sie hört lieber zu, als selbst aktiv zu handeln. Aus diesem Grund gehört sie zu den eher passiven Bewohnern unseres Hauses. An Gruppenangeboten nimmt sie schon seit Monaten nicht mehr teil und ihre körperliche Fitness schwindet von Tag zu Tag. Seit Kurzem ist sie leider auch bettlägerig und ihre Wahrnehmungsstörungen nehmen ebenfalls zu. Infolgedessen ist auch eine Einzelbetreuung besonders sinnvoll und notwendig." Er sieht sie skeptisch an und rätselt, ob sie ihn wirklich verstanden hat. „Was für einen Eindruck haben Sie von mir?", erwidert die Praktikantin ärgerlich. „In welcher Hinsicht?", möchte Oliver wissen. Die Praktikantin muss jetzt unwillkürlich lächeln. „Nun, Mr. Tyler", denkt sie, „dann lassen Sie sich doch mal etwas Gescheites einfallen." „Ganz allgemein", weicht Oliver aus. Die Praktikantin kann Oliver buchstäblich ansehen, wie es in seinem Kopf rattert. Aber soll sie ihn aus dieser peinlichen Situation wirklich erlösen? Offenbar denkt er ja, dass sie etwas beschränkt im Kopf ist. Frechheit. Sie ist doch keine von seinen senilen oder degenerierten Bewohnerinnen. „Ich hab' sie schon verstanden", antwortet sie auf einmal vorwurfsvoll. Oliver ist diese Konstellation immer noch unangenehm. Er möchte sie ja nicht für dumm verkaufen, zumindest nicht so, dass sie es merkt. Doch jetzt scheint er ertappt. Wie bei einer hilflosen Kapitulation hebt er die Hände. „Wissen Sie", fährt er fort, „halten Sie sich einfach etwas zurück. Frau McLorney kennt Sie ja nicht und wir wollen sie doch nicht durch Ihre Anwesenheit verängstigen, oder?" Vorsichtig klopft Oliver nun ohne Umschweife an die Tür und wartet geduldig und ein wenig unruhig auf eine Rückmeldung. Vergeblich. Dreimal wiederholt er dieses Gebot der Höflichkeit, bevor er den Raum schließlich, auch ohne ein freundliches „Herein", betritt. Das laute Klopfen an der Tür ist dafür gedacht, die alte Frau vorzuwarnen und ihr zu signalisieren, dass jemand anderes nun in ihr Territorium kommt. Doch da er keinerlei Reaktion wahrnimmt, versucht Oliver jetzt verbal auf sich aufmerksam zu machen. Er ruft unüberhörbar in die gute Stube:

„Hallo, nicht erschrecken, ich bin es nur, Oliver Tyler, ihr Betreuungsassistent."

Ganz vorsichtig geht er in das Zimmer und weiter Richtung Bett, dabei redet er ununterbrochen. Sein Ziel besteht darin, die Aufmerksamkeit der Bewohnerin auf sich zu ziehen. Sie soll selbst wahrnehmen, dass jemand den Raum betreten hat – dabei soll sie natürlich nicht erschrecken. Weswegen Olivers Aussprache ein bisschen lauter wird. Durch seinen konstanten Redefluss wirkt dies, trotz erhöhter Lautstärke, immer noch sanft und beruhigend und keinesfalls bedrohlich. „Ich habe Ihnen heute jemanden mitgebracht", erzählt er weiter. „Darf ich Ihnen die junge Dame einmal vorstellen? Sie ist unsere neue Praktikantin und würde Sie gerne einmal kennenlernen." Die alte Frau sieht sich langsam um, betrachtet die Fremde aufmerksam und spricht mit einer zittrigen Stimme, kaum hörbar: „Näher." Oliver versteht kein Wort und beugt sich darum etwas mit seinem Kopf über ihr Bett. „Wie bitte? Was meinen Sie, Frau McLorney?" „Näher, sie soll näher kommen, ich erkenne ihr Gesicht nicht", flüstert die Grand Madam angestrengt. Dabei zeigt sie mit ihrer linken Hand über Olivers rechte Schulter und das, obwohl die Praktikantin links neben ihm steht. „Ich erkenne nicht ihre Augen", haucht sie leise. „Auf wen zeigt sie denn?", unterbricht verwundert die Neue. „Ich erkenne ihre Augen nicht." Stille. „Ihr Gesicht, es ist so dunkel und ihre Lippen. Mein Kind, was hast du denn? Deine Lippen, sie bluten ja." Die Neue beißt sich jetzt nervös auf ihre Unterlippe und ihre Zunge wandert tastend über ihren Mund. Besorgt schaut sie sich im Raum um und denkt: „Anwesend sind Frau McLorney, Oliver und natürlich ich selbst. Gut, das Zimmer ist etwas abgedunkelt, vielleicht verträgt die alte Dame ja kein helles Licht, doch es ist hier nicht so finster, dass man jemanden übersehen kann." Denkpause. „Vielleicht sind ihre Augen ja etwas überempfindlich, doch definitiv sieht sie in die falsche Richtung." „Ist alles gut?", fragt die alte Dame abrupt und sieht mit ihren großen Augen über Olivers Schultern, ins Nichts. Oliver sieht die alte Dame weiter an und kreuzt mit seinem Kopf bewusst ihr Gesichtsfeld. Doch die Augen der Darzy McLorney scheinen durch ihn hindurchzusehen. Dabei flüstert sie kaum vernehmlich: „Wo zeigst du hin? Was möchtest du von mir? Sprich lauter, ich verstehe dich nicht?" Beängstigende Stille. Ruckartig und völlig unerwartet wendet sie auf einmal ihren Kopf und sieht mit hellen, großen, wachen Augen der Praktikantin ins Gesicht. Erschrocken weicht diese etwas zurück. „Ich verstehe!", murmelt die alte Frau und lächelt dabei scheinbar sanftmütig und beglückt. „Hab keine Angst, mein Kind. Erkennst du mich nicht? Ich bin es, deine Mutter." Dabei streckt sie, mit letzter Kraft, ihre Arme offen in Richtung der Neuen. Oliver beobachtet diese Gegebenheit genau. Dabei versucht er immer wieder, alle möglichen Eventualitäten abzuwägen, um gegebenenfalls einzuschreiten. Er steht auf, geht etwas zur Seite, sodass die Praktikantin ohne Hindernisse direkt ans Bett gehen kann. Dann nickt er ihr zustimmend zu und sagt sachte: „Denken Sie jetzt an Nicole Richard, Integrative Validation." Die Praktikantin scheint zu verstehen, was Oliver meint, und geht langsam auf das Bett zu. Dabei arbeiten ihre Neuronen im Hippocampus auf Hochtouren. „Nicole Richard, Nicole

Richard", saust es ihr immer wieder durch den Kopf. „Die Welt mit den Augen eines dementen Menschen sehen und ihn in seinem aktuellen Sein annehmen. Gut, und sich auf seine Erlebniswelt einlassen – oder? Ja, ich glaube, das war es. Nicole Richard oder war das doch Carl Rogers oder Naomi Feil? Oh Gott!" Die bisher so selbstsichere Praktikantin wirkt schlagartig unsicher und schaut hilfesuchend Oliver an. „Ganz ruhig", sagt er beschwichtigend. „Blickkontakt aufnehmen und den Rückzug von Frau McLorney in ihre Realität respektieren, zuhören." Kurzes Schweigen. „Sie können das, lassen Sie einfach Ihrer eigenen empathischen Kompetenz freien Lauf und nutzen Sie dazu die nonverbale Kommunikation." Die Praktikantin dreht sich wieder zum Bett der Bewohnerin. Diese umklammert freudig ihre Hände. „Nimm doch Platz, mein Kind", sagt sie freudestrahlend. „Erzähl mir, wie dein Ausflug war! Hast du etwas Schönes erlebt?" „Ja, der Ausflug war wunderschön", erwidert daraufhin die Praktikantin. Diese Antwort wirkt wie ein Kommunikationsimpuls. Blitzartig und für Oliver völlig unerwartet entsteht ein anregendes Gespräch zwischen den beiden. Die Bewohnerin wirkt wie ausgewechselt und Oliver kann ihrer inkohärenten Logorrhoe, also ihrem Redefluss, überhaupt nicht mehr folgen, bis Frau McLorney auch ihn in das Gespräch integriert. „Können Sie mir bitte einmal das alte Buch aus dem Schrank geben, das, aus dem Sie mir auch schon einmal vorgelesen haben." Oliver erinnert sich, steht auf und holt das Buch aus dem Schrank. „Danke schön, Herr Tyler." Vorsichtig schiebt die alte Dame nun das alte Buch zur Praktikantin hinüber, die sie immer noch für ihre Tochter hält. „Könntest du mir aus dem Buch etwas vorlesen?" „Natürlich", erwidert diese liebenswürdig. Doch als sie das Buch öffnet, erblickt sie Worte in einer Sprache, die sie überhaupt nicht kennt. „Ob ich das richtig lesen kann?", sagt sie zweifelnd. Wieder sieht sie Oliver an. „Ich habe ihr auch schon etwas daraus vorgelesen. Das ist glaube ich Ungarisch oder so." Leichtes Lächeln. „Hört sich an wie ein alter Zauberspruch oder ein Fluch." Augenzwinkern. „Aber keine Angst, es ist damals nichts passiert und es wird auch diesmal nichts passieren." Erwartungsvoll sehen sie jetzt die Augen der Darzy McLorney an. „In Ordnung, dann lese ich Ihnen etwas daraus vor." „Stopp, stopp, stopp", unterbricht Oliver noch einmal. „Das dauert mit Sicherheit etwas länger, ich werde deshalb jetzt schon einmal runtergehen und anfangen zu dokumentieren. Ist das Okay?" „Ja, das ist in Ordnung, ich komme dann nach, wenn ich fertig bin." Oliver packt kurz seine sieben Sachen zusammen, verabschiedet sich und verlässt den Raum. Kurz darauf beginnt die Praktikantin mit dem Vorlesen. Am Anfang fällt es ihr nicht leicht, diese unbekannten Worte zu formulieren, aber mit jeder Seite, die sie liest, fällt es ihr leichter. Plötzlich spürt sie eine unangenehme Kälte hinter sich. Ihre Ohren vernehmen ein merkwürdiges dumpfes Krabbeln und Kratzen. Erschrocken sieht sie nach links und nach rechts – doch der Raum scheint leer. Da hört sie das Geräusch erneut und ihre Ohren lokalisieren den Ursprung direkt über ihr. Wie in Zeitlupe wandert ihr Blick jetzt Richtung Zimmerdecke und ihre Augen erstarren bei dem, was sie dort wahrnimmt. „Siehst du sie auch?", wispert

Darzy McLorney leise. Die Praktikantin antwortet mit einem stummen, verängstigten Kopfnicken.

An der Decke wimmeln Hunderte von übergroßen Spinnen und ihre roten, furchteinflößenden, leuchtenden Augen fixieren die beiden permanent. „Sie sind schon die ganze Zeit dort", fährt Darzy fort, „und niemand sieht sie außer mir. Es ist schön, dich wiederzusehen – Tochter." In diesem Moment wird es stockdunkel im Raum und das Krabbeln und Kratzen der Spinnen wird für den Bruchteil einer Sekunde unüberhörbar laut, bevor es genauso schnell wieder verstummt.

Unforeseen visit

Zur selben Zeit befindet sich Oliver immer noch auf dem Weg zum Arbeitszimmer des „Betreuenden Sozialen Dienstes". Da begegnet ihm Frau Fraser auf dem Flur. „Wollten Sie zum mir?", fragt sie verblüfft. „Es ist doch noch keine sechs Uhr! Sie haben gesagt, Sie gehen um sechs und kommen vorher noch einmal zu mir." Kurze Pause. „Aber, aber jetzt geht das nicht. Nein, nein, jetzt nicht … kommen sie morgen vorbei. Jetzt nicht … Nein, nein, nein, tut mir leid." Völlig kopflos und durcheinander trippelt sie weiter. Oliver folgt ihr ein kleines Stück und umfasst vorsichtig zu ihrer Unterstützung ihren rechten Arm. „Frau Fraser, sind Sie etwa schon fertig mit Ihrer Bridge-Runde?" „Ja, ja, das ist so …", kontert sie mit einem Lächeln. „Ich würde jetzt gern auf mein Zimmer." „Natürlich." Und so begleitet Tyler Frau Fraser noch ein Stück. Anschließend setzt er seinen Weg fort. Aber nur bis zur nächsten Ecke, denn hier wird er von Herrn Cooper abgefangen, der scheinbar auf Oliver gewartet hat. Herr Cooper ist ein sehr freundlicher und unauffälliger Bewohner, mit keinerlei kognitiven Einschränkungen.

Mental und geistig aufgeweckt, genießt er geradezu die Zeit im Seniorenheim. Denn er ist ein sehr geselliger Mann, der es liebt, unter Menschen zu sein. So ist für ihn ein Leben allein in seiner prunkvollen Stadtvilla überhaupt nicht vorstellbar. Sagt er zumindest. Herr Cooper ist auch der einzige Bewohner, den Oliver persönlich kennt, der sich jemals freiwillig in einem Altenheim angemeldet hat. Vielleicht liegt dieser Umstand aber auch an seinem früheren Beruf, Psychiater. Oliver lächelt bei diesem Gedankenspiel. Möglicherweise hat er bei der Ausübung seines Berufes festgestellt, wie schön es hier ist! Oder es ist bei ihm etwas hängengeblieben, von seinen Patienten. Oliver streicht sich verlegen über sein Gesicht, um dabei sein Lächeln etwas zu verbergen. „Herr Cooper, wie kann ich Ihnen behilflich sein?" Dieser schweigt einen Augenblick und sieht sich dann ebenfalls etwas verlegen im Korridor um. „Was haben Sie denn auf dem

Herzen, Herr Cooper?", fragt Oliver jetzt leicht neugierig. „Sie wissen ja, dass ich früher ein Seelenklempner war", antwortet Herr Cooper etwas scherzhaft, aber dennoch sehr bedeckt. „Also, als visuelle Wahrnehmung bezeichnet man in der Physiologie die Aufnahme und Verarbeitung von visuellen Reizen, bei der über Auge und Gehirn eine Extraktion relevanter Informationen und deren Interpretation durch Abgleich mit Erinnerungen stattfindet, richtig?" Olivers Pausbacken füllen sich auf der Stelle mit den zwei verschiedenen chemischen Elementen, Stickstoff und Sauerstoff, also mit Luft. Dieses Gasgemisch strömt unaufhaltsam über seine Nasenhöhle in seine Mundhöhle. Bevor es schlagartig wieder über seinen Angulus oris (lateinisch für Mundwinkel) freigesetzt wird. „Boo, Sie stellen mir aber merkwürdige Fragen, Herr Cooper!" Dieser kratzt sich verlegen am Hinterkopf. „Ich könnte schwören …", sagt er kleinlaut, „… dass ich Ihre Praktikantin schon einmal gesehen habe." „Meine Praktikantin?", entgegnet Oliver erstaunt. Herr Cooper bejaht. „Aber das ist schon mindestens 70 Jahre her und ich war damals erst zehn." Oliver legt seinen Arm beruhigend auf die Schultern von Herrn Cooper. „Herr Cooper, als ehemaliger Psychiater wissen Sie doch genau, dass es statistisch gesehen für jeden Menschen sieben Doppelgänger gibt. Also sieben Menschen, die genauso aussehen wie Sie selbst oder eine Person, die Sie kennen. Folglich ist es nur ein Zufall, dass die neue Praktikantin genauso aussieht wie jemand, den Sie einmal als Kind getroffen haben. Außerdem müsste diese Person ja jetzt schon mindestens einhundert Jahre alt sein, wenn nicht noch älter." Der alte Mann grübelt still und erwidert: „Ich weiß, aber das macht es doch so unheimlich." „Keine Sorge, ich versichere Ihnen, dass die Praktikantin und Ihre Bekannte nicht ein und dieselbe Person sind." Herrn Cooper scheint diese Aussage zu genügen, denn er beruhigt sich wieder. „Entschuldigen Sie jetzt bitte, ich muss noch einige Dinge dokumentieren. Aber wenn Sie möchten, können wir uns gerne morgen etwas unterhalten, einen Termin hätte ich noch frei. Ist halb drei für Sie in Ordnung?" „Gut, lassen Sie uns morgen um halb drei darüber reden. Treffen wir uns in meinem Zimmer?" Oliver stimmt zu und geht gemütlich weiter. Doch als er auf seine Quarz-Schwesternuhr blickt, ein Geschenk der Heimleitung, wird sein Gesicht kreidebleich. Ihm wird schlagartig bewusst, wie lange er schon unterwegs ist und die Neue bei Frau McLorney alleine gelassen hat. Ganze fünfundzwanzig Minuten sind vergangen. Und dokumentiert hat er bisher auch noch kein einziges Wort. So rast er jetzt, wie von einer Tarantel gestochen, geradezu durch die Gänge und durch das Foyer des Seniorenheims. Dabei übersieht er eine seiner Kolleginnen und auch eine Bewohnerin, die ihn etwas fragen möchte, und nicht nur die!

Endlich hat er das Arbeitszimmer des „Betreuenden Sozialen Dienstes" erreicht. Völlig aus der Puste setzt er sich auf seinen Drehstuhl und schwenkt sich Richtung PC-Bildschirm. Dann zieht er sich mit einer Hand an den Tisch und startet elegant mit der anderen den Computer. Dieser Arbeitsvorgang dauert eine gefühlte Ewigkeit. Piep, Ratatatataaaa. Das Betriebssystem des Computers wird gebootet (hochgefahren) und auf dem Monitor öffnet sich endlich das Arbeitsfenster der Dokumentations-Software. Oliver beabsichtigt gerade sein erstes Wort zu tippen, da klopft es unverhofft an der Tür. „Klopf, klopf."

Dieses Geräusch katapultiert Olivers Kopf prompt nach hinten in seinen Nacken und stoppt dort mit einem lauten Knacken. „Au", schreit er auf und da öffnet sich auch schon die Tür.

„Du hast dich überhaupt nicht entschuldigt", schallt es unverzüglich in den Raum. Erschrocken blickt er beiseite und erblickt Natascha, die wütend im Türrahmen steht.

„Einfach an mir vorbei hetzen und nicht einmal mein nettes Lächeln erwidern", schimpft sie vorwurfsvoll mit Oliver. Dieser wirkt tief bestürzt, dass er ihr einen Anlass zu solch einer Schelte gegeben hat. „Tut mir leid", beteuert er fast unhörbar und wiederholt dann lauter: „Ich habe dich nicht gesehen. Wo und wann habe ich …" Aber genau das ist der springende Punkt, wurde Oliver schlagartig bewusst. Er hat sie nicht gesehen.

„Sorry, ich bin wohl heute etwas neben der Spur", entschuldigt er sich kleinlaut noch

einmal. Zu dieser Erkenntnis bedarf es
eigentlich nicht viel. Das verrät schon sein
Gesichtsausdruck. „Was ist los?", bohrt
Natascha nach. „Nichts." „Nichts? Und dann
bist du so merkwürdig zu mir? Welche Laus
ist dir denn über die Leber gelaufen?" „Nichts
Schlimmes, es ist völlig stupide und trivial."
Als sie das hört, kommt sie näher. Sie stellt
sich hinter ihn und legt ihre sanften, warmen
Hände auf seine Schultern. Dann beginnt sie
mit einer zärtlichen Nacken- und Schultermas-
sage. „Erzähl schon, was ist los?" Oliver wirft
einen skeptischen Blick über seine Schultern,
sieht sie an und atmet tief ein. Dann dreht er
sich mit seinem Stuhl zu ihr hin. Natascha
beißt sich verlegen auf ihre Unterlippe und
setzt sich schnurstracks, völlig spontan,
ungesittet mit gespreizten Beinen auf Olivers
Schoß. Anschließend durchwuselt sie seine
Haare und wiederholt ihre Frage noch einmal.
Diesmal mit einem betörenden, erotischen
Unterton. Eigentlich eher ein Hauchen. Oliver
muss sich jetzt zusammennehmen, um nicht
gleich hier über sie herzufallen. So versucht er
sich selber abzulenken und auf andere
Gedanken zu bringen. Deswegen beichtet er

ihr einfach sein Leid und seine momentanen Sorgen. Natascha hat eigentlich eine andere Reaktion erwartet. Das sieht man ihren Augen an. Dennoch hört sie geduldig und interessiert zu. Vielleicht heuchelt sie aber auch nur. Egal, Oliver beginnt einfach zu reden: „Im einen Moment ist sie extrovertiert und im anderen Moment introvertiert." Fragend zucken Nataschas Augenbrauen ein wenig. Oliver zögert kurz, als er diese scheinbar unwillkürliche Reaktion wahrnimmt. Nun beobachtet er genau. Jede Bewegung ihrer wunderschönen glasklaren blauen Augen. Jedes kurze, reflexhafte Schließen ihrer Augenlider und jede bewusste und unbewusste Geste ihres engelsgleichen, wundervollen Gesichts. Natascha bleibt dies nicht verborgen, trotzdem wirkt sie nicht überrascht. „Gaffen kostet extra", sagt sie auf einmal keck und übernimmt draufgängerisch die Initiative. Noch bevor er etwas sagen kann, presst sie ihre Lippen schon ungestüm auf seine. Leidenschaftlich erwidert Oliver diesen fesselnden Prozess, diesen Akt der Begierde, der schon seit Langem in beiden brodelt. Als er aber in Extase ihre Brust unter ihrem Kittel berührt, übernimmt auf einmal die Vernunft wieder die Herrschaft über seinen von niederen Instinkten gesteuerten Geist. „Stopp, Schatz, nicht hier", wehrt er auf einmal selbst überrascht ab. „Du gehst aber auch ran", lächelt er verlegen. „Du willst schon seit zwei Wochen mit mir einen Kaffee trinken gehen und immer wieder kommt etwas dazwischen. Also überspringen wir doch einfach den Kaffee." Ein triumphierendes Lächeln breitet sich auf ihrem Gesicht aus und ihre heißen Lippen kommen Olivers wieder gefährlich nah. „Miststück", erwidert er leise und heimst dabei noch einen liebevollen Kuss von Natascha ein. „Ich muss jetzt dokumentieren und mich anschließend noch um die neue Praktikantin kümmern." Erbost und anklagend, mit einem sexy Schmollmund á la Victoria's Secret, schaut sie Oliver nun in die Augen. „Du willst doch nur mit der ins Bett", sagt sie verbittert. „Wie bitte?", protestiert Oliver unverzüglich. „Mit dieser alten Ziege." Natascha ist zu weit gegangen. Dies begreift sie im selben Augenblick, in dem diese Worte über ihre Lippen schlüpfen. Eine bedrückende Stille liegt sofort im Raum, eine Stille, die beide erdrückt. „Sorry, da hast du gerade einen wunden Punkt bei mir getroffen", entschuldigt sich Oliver etwas verzögert. „Diese Neue nervt mich mit ihrer fürchterlichen Art und Weise total. Sie unterbricht mich. Sie manipuliert meine Gespräche, sie belehrt mich und weist mich ständig zurecht. Sie ist eine nervige Besserwisserin und sie hat keinerlei Gefühl dafür, wann sie den Bogen letztendlich überspannt hat. Das geht den ganzen Tag schon so, so lange, bis ich letztendlich richtig wütend bin und ausflippe." „Und was sagt sie dazu?", möchte Natascha wissen. „Wie?" Oliver schaut sie verdutzt an. „Wie was sagt sie dazu? Ist denn niemand hier, der ein freundliches Wort für mich einlegt? Oder zumindest etwas Verständnis für meine Situation zeigt?" Anklagend sieht er sie an. Stille. Natascha verdreht ihre attraktiven Augen und meint: „Nur weil ich dich liebe, muss ich nicht immer dieselbe Meinung haben wie du – oder?" „Du hast eine andere Meinung?" Abwartend sieht er sie an. Natascha muss nach Luft schnappen und stößt ein leises „Ja" hervor. Oliver sieht ihr nun tief und eindringlich in die Augen. So, dass sie immer nervöser wirkt. „Ich glaube, es liegt nur daran, dass du eine niedrige Meinung von ihr hast", purzelt ihr auf einmal ungebremst über die Lippen. „Wenn du deine Ansprüche herunterschrauben würdest …" „Was für Ansprüche?", redet auf einmal Oliver dazwischen. Natascha muss noch einmal tief Luft holen und wiederholt. „Wenn du deine Ansprüche herunterschrauben würdest, und ich weiß, das ist sehr schwierig für dich, dann wärst du vielleicht öfter angenehm überrascht." „Überrascht?" „Ja, wenn du nicht erwartest, dass Leute schlau und respektvoll zu dir sind, bist du positiver verblüfft, wenn es doch einmal der Fall ist. Schraube also deine Ansprüche einfach entsprechend etwas herunter." Oliver lächelt, steht auf und nimmt sie in den Arm. „Du hast recht, mein Schatz, ich sollte meine Ansprüche etwas herunterschrauben", sagt er verständnisvoll und gibt dabei Natascha einen kleinen Kuss auf die Stirn. Dabei denkt er innerlich: „Sie meint es ja nur gut. Aber ich glaube, sie hat mich überhaupt nicht verstanden. Lass ich es also gut sein." „So, und jetzt schmeiß' ich dich raus", sagt er und blickt Natascha mit einem neckischen strahlenden Lächeln an. „Ich muss noch etwas arbeiten." Sie erwidert frech das Lachen und verlässt den Raum. Doch bevor sie die Tür erreicht, ruft Oliver sie kurz zurück. „Morgen, morgen gehen wir einen Kaffee trinken – Deal?" Ihre Lippen verziehen sich zu einem breiten, wohlgesinnten Lächeln. „Wann hat mir je ein Mensch so ein herzliches Lächeln geschenkt?", denkt Oliver bei diesem Anblick. „Gut, Deal", sagt sie zustimmend. „Ich gehorche. Treffen wir uns morgen nach deiner Arbeit? Um sechzehn Uhr? Beim Bäcker am Eck?" „Wie nach meiner Arbeit?" „Ich hab morgen frei", grinst sie überschwänglich. „Du Glückliche." „Ich hoffe, du bringst auch etwas mehr Zeit als nur für einen Kaffee mit." Dreist zwinkert sie ihm zu und dreht sich wieder Richtung Tür. „Warte." Natascha verharrt. „Könntest du mir noch einen Gefallen tun?" Sie öffnet die Tür, blickt zu Oliver zurück und sagt: „Was für einen Gefallen?" Dabei streicht sie sich eine unsichtbare Haarsträhne von der linken Wange und senkt ein wenig ihr Kinn. „Könntest du dich etwas um die Neue kümmern?" Natascha zuckt mit ihren Achseln.

„Nicht mein Typ." Dann lacht sie ungezogen und keck. „Was soll ich denn mit ihr anstellen?" „Ich hab noch so viel zu tun", klagt Oliver mitleidig und gleichzeitig leicht amüsiert über Nataschas eindeutige, zweideutige Körpersprache. „Könntest du zu ihr gehen und ihr sagen, dass sie Feierabend machen kann? Sie ist schon seit über einer Stunde bei Frau McLorney auf dem Zimmer. Du würdest mir damit eine Freude machen!" Natascha überlegt kurz und bestätigt seinen Wunsch mit einem Nicken. „Morgen machst du mir dafür aber auch eine Freude." Grins.

New day

"Piep, piep, piep", stetig lauter werdend, beginnt der Wecker, Oliver Tyler wie jeden Morgen aus dem Schlaf zu reißen. „Dieser verfluchte Wecker", denkt er wie noch schlaftaumelnd bei sich. Gestern musste er zwei ganze Stunden länger arbeiten und das nur, weil seine neue dämliche Praktikantin ihn zur Weißglut gebracht hat und er deshalb seine Arbeit nicht in der vorgeschriebenen Zeit schaffen konnte. So steht er jetzt langsam und noch immer etwas erschöpft auf und bewerkstelligt die alltäglichen sich wiederholenden Rituale. Zähne putzen, frühstücken und die allmorgendliche Standpauke seiner Freundin. Heute mit dem Thema: „Wenn ich nicht alles selber mache", und so schimpft sie auch schon munter los. Oliver und sein Sohn Toby lassen diesen täglichen Zurechtweisungsangriff geduldig über sich ergehen. „Was für ein toller Start in einen so schönen neuen Tag", denkt Oliver leicht gereizt währenddessen. „Wenn sie bloß nicht so ekelhaft geworden wäre. Sie war damals so eine tolle Frau, und heute!" Olivers Gedanken schweifen etwas ab. „Eigentlich nehmen Frauen doch nonverbale Signale viel früher wahr als Männer. Aber dass es in unserer Beziehung kriselt, will sie wahrscheinlich einfach nicht wahrhaben. Sie macht schnurstracks so weiter. Meckerzicke." „Rums", scheppert es unüberhörbar auf einmal. „Hörst du mir überhaupt zu?" Wutentbrannt fordert sie Olivers Beachtung ein. „Du kannst auch mal helfen, du siehst doch, dass der Abfalleimer voll ist und die Getränkeflaschen leer. Du könntest auch …" Wie ein Idiot, der mit so banalen Aufgaben überfordert ist, sieht er sie an. Er fühlt sich wie ein kleiner dummer Junge, der von seiner Mama zurechtgewiesen wird. „Natascha ist nicht so", schwirrt es ihm durch den Kopf. „Warum weiß sie nur nicht, dass die männliche Wahrnehmung eine andere ist als die weibliche?" Wieder schwindet Olivers Aufmerksamkeit. „Frauen können besser als Männer verschiedene Dinge zur gleichen Zeit tun. Sie können zum Beispiel Farben viel besser wahrnehmen, da sie mehr Zäpfchen in der Netzhaut besitzen als Männer. Außerdem haben sie ein viel größeres peripheres Gesichtsfeld. Männer dagegen nur so eine Art Tunnelblick. Das ist wirklich so, aber sie weiß das ja nicht." Kurze Denkpause und Rückkehr ins Hier und Jetzt.

Doch Olivers Ohren vernehmen leider immer noch Schimpfsignale. So schaltet sein Zentralnervensystem kurzerhand sein Cerebrum (Gehirn) wieder aus und kehrt umgehend in seine eigene Gedankenwelt zurück. „Frauen können ihre Probleme eher loswerden, wenn sie darüber reden, aber muss ich mir deshalb dieses Mosern wirklich antun? Wenn Männer Probleme haben, dann reden wir meist nicht darüber, denn das Reden stört ja bei der Lösungsfindung. Doch Frauen können auch simultan reden und hören. Ein Mann dagegen nur entweder reden oder hören. Die Sätze von uns sind auch viel kürzer und klarer strukturiert als die einer Frau." Kurzes intensives Nachdenken. „Für Männer besteht der Sinn des Redens darin, einem Gesprächspartner Fakten und Informationen zu übermitteln. Diese ‚niederschwellige' Redeweise verstehen auch die meisten Frauen, während wir es schwieriger finden, auf mehreren Ebenen ablaufende Sprechakte zu verfolgen. Das sollten die Frauen wissen und sich auch merken, denn dann würden nämlich alle Beziehungen viel harmonischer verlaufen." Olivers Ohren machen wieder einen Abstecher in die Realität und welch ein Wunder – STILLE.

„Na, Papa, wieder zurück von Alice?" grinst Toby, Olivers Sohn, maliziös. „Was?" „Ob du wieder zurück bist von Alice. Alice im Wunderland oder Papa im Reich der Träume." „Ist ja gut, mein Sohn, das habe ich schon verstanden." Irritiert schaut sich Oliver um. „Mama ist schon los und du solltest dich auch sputen. Dein Zug fährt nämlich schon in 10 Minuten." Wie ein Tornado wirbelt Oliver jetzt durch die Wohnung und sammelt seine Brot-Dose, eine Flasche Wasser und sein Arbeitsmaterial ein. Dann geht es geradewegs zum Bahnhof. „Sag deiner Mutter, dass ich heute etwas später komme. Eine Kollegin ist gestern krank geworden und ich muss ihre Bewohner mit übernehmen." „Ist gut." Und so trennen sich ihre Wege wie immer.

Abgehetzt erreicht Oliver wenige Minuten später seinen Bahnsteig. „Wunderbar, jetzt habe ich doch tatsächlich noch 3 Minuten zur Verfügung, bevor mein verfluchter Zug kommt", sagt er leise und erleichtert zu sich selbst. „958 Minuten haben Sie noch Zeit", berichtigt ihn eine rauchige Stimme aus dem Hintergrund. Oliver dreht sich um und erkennt den alten obdachlosen Mann vom Vortag. „Wie bitte? Was haben Sie gesagt?" Der Alte schaut ihn betroffen an und sagt: „Dein Widersacher, der Teufel, geht umher und du wirst ihn nicht in diesem verfluchten Zug treffen, sondern erst in 958, sorry, 957 Minuten." Mit diesen Worten verabschiedet sich der scheinbar verwirrte alte Mann wieder und verschwindet in der Menge. Oliver ist logischerweise etwas beunruhigt und denkt dabei an seine Affäre mit Natascha, doch diese Gewissensbisse halten nicht lange an und so scherzt er schon nach kurzer Zeit mit Herrn Ethos (seinem eigenen Gewissen) in einem humorvollen persönlichen Zwiegespräch, über das eben Erlebte.

„Hoffentlich werde ich nicht vom bösen Satan für meine lüsternen Gedanken bestraft. Nun ja, ein paar Stunden habe ich ja noch Zeit, bis er mich zu sich holt." Hämisches Grinsen und Schweigen – minutenlang, bis der Zug einfährt. Schließlich sagt er – und er muss sich offenbar erst den berühmten „Ruck" geben –: „Der Spinner, das geht den überhaupt nichts an." „Was geht mich überhaupt nichts an?"

Oliver sieht verwundert in die dichtgedrängte Menschenmasse. Er hat doch gerade eine Stimme gehört. Unsicher schaut er in die Gesichter der Fremden. Olivers Hände zittern und ein ungutes Gefühl breitet sich in seiner Magengegend aus. Da hört er diese gruselige Stimme erneut.

„Siehst du, wie schwach du bist?"

Wieder schaut er in die Menge. Doch auch diesmal kann er den Ursprung nicht deuten. Erst jetzt ergreift ihn Panik. „Warum nur offenbart sich der Mann nicht? Was will er von mir?" Die aufsteigende Angst macht ihn mundtot und hysterisch. Seine Augen beginnen unkontrolliert zu flackern und schon an der nächsten Station drängelt er sich unaufhaltsam aus dem Waggon. Dort stiert er blass auf den Boden des Bahnsteigs und atmet tief und bewusst durch. „Was war das?", reflektiert er etwas derangiert. „Eine Panikattacke? Eine Ich-Störung? Aber warum?" Da erblickt er aus seinem Augenwinkel einen idealen Rückzugsort. „Okay, da ist eine Parkbank, und ich muss mich erst mal einen Moment hinsetzen. Meine Gedanken sammeln." Oliver atmet wieder kräftig tief durch und füllt seine Lungen mit frischer Luft. Dann geht er zur Bank und setzt sich ausgepowert und kraftlos hin. Mehrere Minuten vergehen vorerst, bevor er wieder einen klaren Gedanken fassen kann. Es folgt eine lautlose Selbstanalyse. „Was habe ich da gerade erlebt? Das war etwas anderes als nur ein schlechtes Gewissen. Eine Denkstörung vielleicht?" Pause. „So eine verfremdete Wahrnehmung meiner Umwelt habe ich noch nie erlebt. Dieses Derealisationserlebnis war gruselig. Dieser Zustand von intensiver Angst und Dissoziation und ..." Unterschwellig peilen auf einmal Olivers Augen wie ein Adler die Zeiger der Bahnhofsuhr an. „Mist, schon so spät ...", zetert er laut, „... und am falschen

Bahnhof bin ich auch noch – Mist, Mist, Mist."
Seine Augen wandern nun zum Fahrplan.
„Was – der nächste Zug fährt erst in zwanzig
Minuten!" Wütend setzt er sich wieder und
wartet geduldig auf den nächsten Zug. Sein
Kopf ist während dieser Zeit wie entrümpelt.
Stille und Leere. Erst als er verspätet im
Seniorenheim eintrifft, scheinen seine grauen
Zellen die Arbeit schrittweise wieder aufzu-
nehmen.

Embassy of the nursing department

Zerstreut betritt Oliver die große Lobby des Heims und durchquert diese wie in Trance. Wie ein Geist scheint er geradezu bizarr an den Bewohnern vorbeizuschweben. Zumindest kommt es ihm so vor. „Was für ein unheimlicher Moment", lokalisiert er während des Ablaufs dieses für ihn merkwürdigen Erlebnisses. Seine Augen blicken in traurige sowie ebenso teilnahmslose Seniorengesichter. Gesichter von Menschen, die er eigentlich gut kennt, aber die nun von einer merkwürdigen Aura umhüllt scheinen. Menschen, die eine negative emotionslose Ausstrahlung besitzen. So, als würden sie gemeinschaftlich unter den ersten Krankheitssymptomen einer Alexithymie leiden. „Aber warum? Und wieso alle?", überlegt er analytisch weiter. Völlig von seiner Umwelt abgeschottet bemerkt er dabei nicht, dass Herr Cooper ihn bereits ins Visier genommen hat. Dieser beobachtet Olivers seltsames Verhalten sehr aufmerksam, aber dennoch aus der Ferne. Als er sich kurze Zeit später entscheidet, näher zu kommen, um mit Oliver zu reden, berührt er dabei unbeabsichtigt dessen Schulter. Oliver erschrickt dadurch so sehr, dass sein Gesicht in Panik weiß anläuft. „Sie sind ja ganz bleich im Gesicht! Haben Sie etwa einen Geist gesehen?", beruhigt Herr Cooper einfühlsam Oliver. „Ein Geist!", erwidert dieser lächelnd und spürt, wie benommen sein Gehirn von dem scheinbar Erlebten noch ist. Er reibt sich die Augen, um seinen Blick zu schärfen. Dann fragt er neugierig: „Was ist eigentlich hier los? Wieso sind so viele Bewohner hier im Foyer?" Herr Cooper zögert etwas. „Haben Sie es denn noch nicht gehört?" „Was?" „Frau Bradley ist tot." „Wer ist Frau Bradley?" „Olivia Bradley, Ihre Praktikantin."

Oliver ist schockiert und ringt um Fassung! Hilflos und völlig verwirrt sieht er zu Herrn Cooper. Und als dieser beruhigend die Hand auf seinen Arm legt, bricht es aus ihm heraus. Oliver kann seine Tränen nicht zurückhalten. Seine angestaute Wut und der angesammelte Stress verbinden sich durch die unerwartete Trauer um seine Kollegin zu einer neuen

Einheit. Eine Allianz, der er nichts entgegenzusetzen hat. Ungehemmt lässt er deshalb seinen Gefühlen freien Lauf. Er weint und das nur wegen einer Person, die er doch eigentlich so abgrundtief hasst. Herr Cooper versucht stattdessen Ruhe auszustrahlen. „Haben Sie denn nicht die Polizeiautos vor dem Haus gesehen?" Oliver schüttelt mit dem Kopf. „Nein, ich war mit den Gedanken woanders." „Das habe ich mir schon fast gedacht. Und wo?" Ohne zu antworten weicht Oliver der Frage aus. „Hatte sie einen Unfall?" „Es war kein Unfall", erwidert Herr Cooper sachlich und vollkommen emotionslos. „Es war Mord." Dabei wendet er sich etwas von Oliver ab. „Mord? Aber warum und weshalb?" „Sie haben ganz schön viele Fragen – oder?" Oliver bejaht. „Herr Tyler, wenn ich Ihnen Ihre Fragen beantworten soll, müssen Sie natürlich auch meine beantworten. Wo waren Sie mit Ihren Gedanken?" Oliver überlegt kurz und antwortet ebenso kurz: „Montessori-Phänomen." Herr Cooper schmunzelt und sagt dann mit eindringlicher Stimme: „Denken Sie an unser Treffen halb drei. Ich habe Ihnen eine Menge zu erzählen."

Im selben Moment dringt eine kommandierende Stimme in Olivers Ohr ein. „Herr Tyler, gut, dass ich Sie hier treffe." Erschrocken dreht er sich und erblickt eine schwergewichtige Pflegerin, die mit verschränkten Armen vor der Brust vorwurfsvoll auf ihn herabsieht. „Habe ich etwas angestellt?", fragt er kleinlaut. „Nein", erwidert dieses göttliche Meisterwerk der Evolution genervt. „Ich soll Ihnen nur mitteilen, dass Sie sofort zur Bewohnerin McLorney kommen sollen." „Und warum?" „Fragen Sie das die Stationsleitung. Ich soll Ihnen das nur ausrichten, aber es ist wohl wichtig." Oliver möchte gerade noch eine weitere Frage stellen, da wird ihm das Desinteresse seiner Botschafts-Überbringerin bewusst. Die junge Dame verschwindet nämlich genauso schnell, wie sie gekommen ist. Und lässt ihn mit seinen offenen Fragen einfach im Foyer zurück. Missmutig rafft er sich auf und folgt dieser freundlichen Anweisung umgehend. So erreicht er schon nach wenigen Minuten das Stockwerk, in dem Frau McLorneys Zimmer ist. Und welch Wunder, auch das Stationszimmer der Etage ist besetzt. Demütig klopft er gegen die offene Glastür. Dabei schaut er in die mürrischen Gesichter der anwesenden Pflegekräfte. Er spürt sofort, dass dies wohl nicht der richtige Moment ist, um sie zu stören. Aber wann ist dieser schon?

„Entschuldigung", unterbricht er kaum vernehmlich. Alle Augen richten sich unverzüglich und vorwurfsvoll auf den Eindringling. „Nur nicht hysterisch werden", verteidigt sich Oliver sofort. Doch statt eines erhofften auflockernden Lächelns begegnet ihm nur noch mehr Unmut. Knapp und unfreundlich fragt die stellvertretende Pflegedienstleiterin, was er möchte. „Super" denkt Oliver bei sich, „jetzt bin ich auch noch eine ‚Persona non grata' und muss mich für meine Anwesenheit rechtfertigen." „Also ich bin Herr Tyler", sagt er leicht angesäuert in die Runde. „Der Betreuungsassistent von Frau Darzy McLorney und ich sollte umgehend hier erscheinen. Könnte mir vielleicht irgendjemand erzählen, was vorgefallen ist?"

Verhaltene Unruhe breitet sich aus. „Nehmen Sie kurz Platz", sagt eine der anwesenden

Damen. Oliver folgt dieser Anweisung und wartet geduldig. Nachdem fast alle Pflegekräfte das Stationszimmer verlassen haben, setzt sich die stellvertretende Pflegdienstleiterin zu Oliver und beginnt die Umstände seines Kommens zu erläutern. „Entschuldigen Sie bitte diesen unfreundlichen Empfang von vorhin. Heute läuft hier alles drunter und drüber. Erst findet man im Keller eine tote Praktikantin und auf unserer Station verhalten sich alle Bewohner seit letzter Nacht wie verhext. Erhöhtes Auftreten von Angstzuständen, überdurchschnittliche Inkontinenz bei Bettlägerigen, erhöhter unablässiger Bewegungsdrang bei demenziell veränderten Bewohnern und so weiter und so fort. Egal, warum ich Sie nun hierher gebeten habe, hat folgenden Grund. Heute Morgen erlitt die Bewohnerin Darcy McLorney einen sanften Multi-Infarkt-Schlaganfall." „Sanft?" „Ja, sanft. Es gibt verschiedene Formen und Schweregrade eines Apoplex und Frau McLorney bekam eben einen sogenannten sanften. Einen Multi-Infarkt, das bedeutet statt eines großen Schlaganfalls viele kleine Anfälle, die nach und nach das Gehirn außer Funktion setzen." Oliver versucht dieser Erklärung zu folgen. Deshalb fragt er nach: „Und wie kann ich helfen? Ich bin doch kein Arzt." „Richtig, und ein Wunderheiler sind Sie auch nicht, oder täusche ich mich da?" Argwöhnisch schaut Oliver die Pflegedienstleiterin an. „War das Sarkasmus?", überlegt er lautlos und hält sich fortan mit seinen Äußerungen etwas zurück. „Gegen bereits vorhandene Schäden kann nur ein Wunderheiler etwas tun. Selbst Ärzte sind da hilflos und bei Frau McLorney geht der behandelnde Arzt von einem Multi-Infarkt aus. Aufgrund einer vorhandenen vaskulären Demenz bzw. einer Multiinfarktdemenz. Eine endgültige Diagnose kann er aber zum jetzigen Zeitpunkt noch nicht machen. Dazu muss bei Frau McLorney erst noch eine CT-Untersuchung (Computertomografie) durchgeführt werden. Aber das alles soll ja gar nicht Ihre Sorge sein. Der Grund, warum ich Sie hierher bestellt habe, besteht darin, dass Frau McLorney lautstark ständig nach Ihnen verlangt. Sie ist geradezu wie besessen. Sie schreit, beißt, kratzt und schlägt um sich. Und das in einem

Ausmaß, das selbst uns überfordert. Deshalb mussten wir sie auch schon im Bett fixieren."

„Fixieren?" Oliver weicht erschrocken zurück. Empört stellt er die Stellvertreterin zur Rede: „Das ist rechtswidrig und somit verboten! Sie können doch nicht einfach jemanden fixieren, nur weil Sie überfordert sind oder nicht genügend Zeit haben. Es ist nun einmal so, dass pflegebedürftige Menschen mit demenziellen Veränderungen oder psychischen Erkrankungen in der Regel einen größeren Bedarf an allgemeiner Beaufsichtigung und Betreuung haben und benötigen. Und – wenn Sie zu wenig Mitarbeiter haben, müssen Sie das der Heimleitung melden und nicht einfach …"

„Beruhigen Sie sich bitte", unterbricht die stellvertretende Pflegedienstleiterin Olivers emotionalen Redefluss barsch. „Es ist alles rechtlich abgesichert. Sie brauchen sich nicht aufzuregen. Der Arzt von Frau McLorney hat es angeordnet und dazu hat er sie sogar persönlich vor Ort begutachtet." Oliver beruhigt sich etwas. „Aber gestern war sie doch noch völlig normal." „Liegt wahrscheinlich am Infarkt. Der Arzt meint, dass sie sich selbst gefährden würde, und dass sie sehr wahrscheinlich hypnagoge Halluzinationen bekommen wird." Oliver grübelt. „Hypnagoge Halluzinationen?" „Ja, das sind Halluzinationen zwischen Wachphasen und Schlafphasen. Fachleute nennen das hypnagoge Halluzinationen." „Fachleute." Oliver denkt und sucht verzweifelt nach einer anderen Lösung. Eine, die die Situation und die Umstände der Frau McLorney verbessern könnte. Doch er muss kapitulieren, denn auch er hat keine andere Idee. „Machen Sie sich keine weiteren Gedanken. Gehen Sie erst mal zu Frau McLorney aufs Zimmer und dann sehen wir weiter." Oliver nickt der stellvertretenden Pflegedienstleiterin kurz zu und verlässt wortlos das Stationszimmer.

I'm not

Kurze Zeit später klopft er nervös gegen die geschlossene Zimmertür.

„Tock-tock-tock!" Klar und deutlich vernimmt er eine warme freundliche Stimme: „Komm herein, Oliver, ich habe dich schon erwartet, keine Angst, ich werde dich schon nicht gleich fressen." „Wirklich äußerst beruhigend", denkt Oliver und versucht die Tür, die merkwürdigerweise etwas klemmt, aufzudrücken. Als die Tür endlich offen ist, verharrt er zwischen Tür und Angel. Beide starren sich gegenseitig an. „Woher wussten Sie, dass ich es bin?" Frau McLorney strahlt. „Ich habe es gespürt." Zufrieden sieht sie ihn mit einem Lächeln im Gesicht an. Dieses herzliche, positive Signal stimuliert Olivers intrinsische Motivation. Alle Bedenken verfliegen justament. So wie leichter Rauch, der sich während einer Sommerbrise auflöst. Stille. Als er endlich vor ihrem Bett steht, legt sie sich ganz nonchalant zurück und schließt ihre Augen. Sie wirkt völlig entspannt, so, als würde jemand eine Last von ihren Schultern nehmen. Oliver spürt sofort, dass irgendetwas anders ist und auch, dass seine Anwesenheit Frau McLorney ein Gefühl der Sicherheit gibt, neue Energie. Er weiß zwar nicht, weshalb das so ist, freut sich aber trotzdem darüber. Da bewegen sich noch einmal ihre Lippen und hauchen leise und zufrieden, wie ein kleines Gebet, das nun endlich erhört wird. „Ich liebe dich." Oliver glaubt seinen Ohren nicht zu trauen und schaut völlig fassungslos auf das Szenarium, das sich ihm gerade bietet. Er braucht einen Moment, um das Gehörte zu verarbeiten. „Dass es so schlimm um sie steht, war mir nicht bewusst", entgegnet er amüsiert und schweigt dann einen Moment. „Ich glaube, dass sie etwas Besseres verdient haben als mich", wiegelt er nun spaßig ab. Leicht verzögert antwortet sie: „Arschloch." „Wie bitte?", meint Oliver nun aber doch etwas überrascht. „So etwas habe ich aus Ihrem Mund ja noch nie gehört. „Und wieso dieses Fluchen? A-r-s-c-h-l-o-c-h!" Oliver denkt noch über diese Äußerung nach, als sie sagt: „Du sitzt da wie ein verschüchterter Idiot." Oliver wirkt jetzt völlig irritiert. „Was?" „Du musst mir zuhören, Oliver. Ich liebe dich und du hast mir gefehlt." Vorsichtig berührt er ihre fixierte Hand und lässt sich behutsam auf die Erlebniswelt der Darzy McLorney ein. Dabei denkt er an das, was ihm die stellvertretende Pflegedienstleiterin vorhin gesagt hat. „Hypnagoge Halluzinationen." Aber auch an seinen letzten Lehrgang, zum Thema: Integrative Validation nach Nicole Richard – die Welt mit den Augen eines dementen Menschen sehen. „Entschuldigung, ich bin nur etwas überrascht, fast überrumpelt von diesem Vorstoß." Mit scheinbar verliebten Augen voller Leidenschaft sieht er die alte Dame an. „Ich liebe Sie auch", sagt er leise und streichelt ihr dabei über die Handfläche. Worauf sie die Augen wieder öffnet und ihn ansieht. „Du liebst mich wirklich? Mich alte Frau?" „Ja, warum eigentlich nicht!" „Du bist ganz schön pervers, mein Schatz", entgegnet sie schnippisch. „Das grenzt ja schon fast an Nekrophilie." Grinsen. „Gut, dass ich weiß, dass du mir nur etwas vorspielst bzw. versuchst, eine integrative Validation durchzuführen. Stärkeres Grinsen. „Was ist hier eigentlich los?", fragt Oliver jetzt stutzig. „Das glaubst du mir sowieso nicht und ich hab' auch keine Ahnung, wie ich es dir wirklich richtig erklären kann." „Versuchen Sie es doch einfach." Geduldig wartet er nun ab. Dabei ist er selbst mucksmäuschenstill und stellt keine weiteren Fragen, die Frau McLorney eventuell ablenken können. Und das, obwohl ihm einige auf der Zunge brennen. Er würde nämlich schon gerne erfahren, wie diese kluge alte Frau erraten hat, dass er schauspielert, und woher sie weiß, was integrative Validation ist. Pause. Egal, sie hat zumindest sein Interesse an ihrer Geschichte geweckt und so lauscht er jetzt neugierig ihren Worten. „Du bist echt süß." Mit diesen Worten schmeichelt sie vorab Olivers Ego und das mit einer überraschend melodisch klingenden Stimme, die Oliver so bisher noch nicht aufgefallen ist. Er wird sogar etwas verlegen. Dann beginnt sie mit ihrer unglaublichen Geschichte: „Ich werde mich nicht dafür entschuldigen, dass ich mich in dich verliebt habe. Obwohl mir schon klar ist, dass du Darzy McLorney nicht liebst. Ich bin nicht so, wie du glaubst, ich bin in Wirklichkeit ganz anders." Sie lacht bitter auf. „Dir gefällt nicht, was du siehst? Dann hör mir jetzt gut zu. Ich bin nicht das, was du siehst. Ich bin nicht die alte Frau, die hier fixiert im Bett liegt und unter Wahnvorstellungen leidet. Ich bin auch nicht verrückt oder leide unter Depersonalisation. N-e-i-n."

Wieder kehrt Stille ein. Erwartungsvoll sieht Oliver sie an, und weil sie schweigt, fragt er: „Sie sind nicht …" „Ich bin nicht Darzy McLorney." Er sieht sie jetzt halb belustigt und halb erstaunt an. Denn Oliver hatte eigentlich mit allem gerechnet, nur nicht mit einer solch verrückten Antwort. „Also die Art, wie Sie mir das erzählt haben, weist für mich auf keine demenzielle Veränderung hin. Aber ich bin ja kein Arzt. Mir hat noch nie ein Bewohner eine solch skurrile Geschichte erzählt und Ihre Wortwahl – Hut ab. Ich glaube, Sie haben keine Demenz und wenn das gerade ein wacher Moment gewesen ist und sie tatsächlich im Hier und Jetzt sind, dann sind Sie unter normalen Umständen ein Fall für den Psychiater. Gut, das sagt man normalerweise keinem Bewohner direkt, aber vielleicht haben Sie das auch gleich wieder vergessen – sollte das der Fall sein, hätte ich

mich eben gewaltig getäuscht." Mit einer
beängstigenden Geschwindigkeit breitet sich
Unmut im Raum aus. „Ich seh' schon, du
glaubst mir nicht." „Frau McLorney." „ Du
glaubst mir nicht. Sei ehrlich." „Das zu
glauben fällt mir nicht nur schwer, sondern ich
halte es für ausgeschlossen. Wie soll das
funktionieren? Seelenwanderung! Muss man
dafür nicht erst einmal sterben?" Enttäuscht
lehnt Frau McLorney sich zurück, ärgerlich
starrt sie dabei an die Zimmerdecke. „Du bist
gar nicht so gut, wie ich dachte." Beleidigt
revanchiert sich Oliver für diese Bemerkung.
„Du bist gar nicht so gut ... Warum duzen Sie
mich eigentlich schon die ganze Zeit?"
Ärgerlich packt er seine Sachen zusammen.
„Du siehst es nicht, du willst es nicht sehen",
murmelt die alte Frau leise vor sich hin. „Du
hast überhaupt kein ernstes Interesse an mir.
Du hinterfragst nicht einmal meine
Behauptungen. Du gehst einfach davon aus,
dass ich gaga im Kopf bin." „Das ist nicht
gaga, das sind einfach nur Wahrnehmungsstörungen", berichtigt Oliver neunmalklug. „Und
für dich der Beweis für Wahnsinn?" Oliver
atmet tief durch die Nase in den Bauchraum

ein und atmet mit einen Puh-Laut langsam aus. „Puh! Ich glaube nicht, dass Sie mich verstehen, Frau McLorney." „Das glaubst du wirklich? O du armer, armer, verblendeter Narr", erwidert sie deprimiert. „Wie kann es sein, dass du mich nicht erkennst? Dich von Äußerlichkeiten blenden lässt? Und dein Herz nicht spürt, wer wirklich hier ist!" Nach einer kurzen Pause fügt sie hinzu: „Damit reißt du meins in tausend Stücke. Sei mir nicht böse, Oliver, aber es gibt Augenblicke, wo ich dich hasse." Erst ist Oliver verdutzt, dann wütend und danach beeindruckt. „Sie sind wirklich eine tolle Frau, aber Ihre Geschichte ist einfach zu fantastisch, um wahr sein zu können."

Darzy starrt Oliver unverwandt in die Augen, wie um klarzumachen, dass sie sich um keinen Preis umstimmen lassen wird. Oliver versucht es gar nicht. Er schaut sich nur noch einmal um, dann geht er Richtung Tür. „Ich glaube, es ist besser, wenn ich morgen noch einmal vorbeikomme", verabschiedet er sich leise. Doch als er den Türknauf berührt, ruft sie ihm hinterher. „Möchtest du denn nicht wissen, wer ich bin, oder wer ich glaube zu sein?"

Oliver hält inne, schwankend, misstrauisch, mit den Fingern seiner Hand über den Türknauf reibend wie ein Tempeltänzer, dreht er sich noch einmal um. „Wer oder was glauben Sie denn zu sein?" Diese Frage löst eine merkwürdige, mystische Stimmung aus, die sich ebenso durch den Raum wie durch den Leib verbreitet.

„ICH BIN NATASCHA"

Eine gespenstische Stille umgibt ihn schlagartig und der Schock schnürt seine Kehle zu. Ein leises Räuspern ist zu hören und Frau McLorney oder Natascha wartet sichtlich auf eine Reaktion. „Natascha." Pause. „Sie?" Wiederholte Pause. „Das ist überhaupt nicht witzig. Ich weiß gar nicht mehr, was ich dazu sagen soll." „Ich bin es wirklich, Oliver, glaube mir bitte! ... Bitte, Oliver, gib mir eine einzige Chance, dir alles in Ruhe zu erklären." „Das ist völlig unmöglich. Sie sind verrückt." Oliver schlägt gegen die Tür. Von dieser aggressiven Reaktion ist Darzy total überrascht. „Es ist wohl alles zu viel für ihn", denkt sie lautlos. „Aber für mich, als Natascha, scheint er doch einiges zu empfinden." Unhörbar erleichtert atmet sie durch. Einige Sekunden später, als sich Olivers Zorn wieder legt, nimmt er am Bett Platz. „Ich bin echt sauer darüber, dass Sie mir hier so einen Blödsinn erzählen. Sie sind also Natascha!? Und wie soll das passiert sein? Überraschen Sie mich! Nein, besser noch, überzeugen Sie mich." „Wir haben am selben Tag hier angefangen zu arbeiten. Du als Seniorenbetreuer und ich als Präsenzkraft. Es hat sofort zwischen uns gefunkt und seitdem turteln wir ständig miteinander. Du hast einen Sohn mit Namen Toby und eine Freundin. Mit der läuft es aber nicht mehr so richtig. Sie ist nämlich in letzter Zeit etwas zickig. Ach so", ein euphorisches Lächeln breitet sich über ihrem Gesicht aus. „Und gestern habe ich dich im Arbeitszimmer des Betreuenden Sozialen Dienstes überrascht." Oliver unterbricht mit leuchtenden Augen. „Ja, daran kann ich mich erinnern. Du bist zu mir gekommen, hast deinen Kittel geöffnet und … nun ja, bei dem Anblick kann man halt als Mann nicht widerstehen. Es war echt heiß, wie wir uns am Schreibtisch geliebt haben. Du bist echt toll." „An Sex mit dir erinnere ich mich zwar nicht, aber das ist ein netter Gedanke. Wir haben uns nur geküsst und dann hast du mich darum gebeten, noch einmal nach der neuen Praktikantin zu sehen. Ich bin dann gegangen – ohne Sex." Dabei schüttelt sie enttäuscht ihren Kopf. „Du kleiner hinterhältiger Gauner, du glaubst mir immer noch nicht." Und so erzählt sie Oliver noch mehr Einzelheiten über Begebenheiten, Situationen und Erlebnisse. Über sich und ihn. Dinge, die wirklich nur Natascha und Oliver wissen, niemand anders. Je mehr sie erzählt, desto geringer werden Olivers Zweifel an der Richtigkeit, an der Wahrheit ihrer Geschichte. Sein Zweifel schwindet.

The Curse of Darzy McLorney

Sie diskutieren einige Zeit, dann hat
Oliver begriffen, was sie meint.
Neugierig fragt er dann: „Sag mal,
Natascha, wer hat dir das angetan?" Angst
steigt bei dieser Frage in ihren Augen auf, und
Oliver wird bewusst, dass sie sich fürchtet.
„Frau McLorney?" Sie nickt nur, zu sprechen
wagt sie nicht. „…und die Praktikantin?" An
ihrem angstverzerrten Gesichtsausdruck
erkennt er, dass er mit seiner Einschätzung
richtig liegt. „Wie haben sie das angestellt?
Dich verzaubert, verflucht, verhext, verdammt
oder wie auch immer man das nennt. Wie
haben sie das gemacht?" Angstschweiß rinnt
über ihre Stirn. Sie hebt ihre Hand und zeigt
mit ihren alten, verschrumpelten langen
Fingern in Richtung Schrank. Der erste
Gedanke, der ihm augenblicklich durch den
Kopf schießt, ist: „Das Buch, das Buch, aus
dem Frau McLorney jeden vorlesen lässt. Das
alte Buch, mit Worten, die niemand versteht.
Das Buch, aus dem auch die Praktikantin ihr
gestern vorgelesen hat." Nervös und ein

wenig angespannt steht er auf und geht Richtung Schrank. Dabei empfindet er eine seltsame Mischung zwischen Neugier und gruseligem Unbehagen. So, als ob hinter dieser Tür etwas Schreckliches auf ihn wartet, er es weiß, aber dennoch nicht verhindert. Also seinem Schicksal nicht ausweicht. Aber ist das klug? Oliver fühlt, wie sein Herz mit jedem Schritt kräftiger in seiner Brust schlägt. Pures Adrenalin durchsprudelt seine Adern und die Anspannung steigt ins Unerträgliche. Er fühlt sich an wie in einer irrealen Welt, wie in einem Film, dessen Ausgang noch unbekannt ist. Nach kurzem Zögern öffnet er nun die Schranktür. Doch keine Gespenster, Geister oder Dämonen erwarten ihn dort, nur die abgetragenen Kleidungsstücke der Darzy McLorney. Suchend wandern seine Augen durch dieses Chaos. „Wo ist das Buch", schwirrt ihm immer wieder durch den Kopf. „Wo ist bloß das Buch? Es war doch immer hier im Schrank!" Enttäuscht wendet er sich wieder der alten Frau zu. „Sie haben dir etwas aus einem Buch vorgelesen! Richtig?" Mit einem kurzen Lidschlag bestätigt sie seine Annahme und beißt sich mit ihrer oberen

Zahnreihe auf die Unterlippe und anschließend mit ihrer unteren Zahnreihe auf ihre Oberlippe. Dies im stetigen Wechsel. „Ein Balanceakt zwischen Sicherheit und Unsicherheit", vermutet Oliver still. „Auf jeden Fall ist sie verängstigt." Wieder gesellt sich Oliver an ihr Bett. „Entschuldige bitte, aber nur wer Fragen stellt, kann Antworten finden!" „Schon gut", haucht die alte Frau leise. Dabei muss sie sich deutlich mehr anstrengen als bisher. „Als ich gestern in Frau McLorney's Zimmer kam, glaubte ich meinen Augen nicht zu trauen. Schatten kreisten wie ein Wirbelsturm über ihrem Bett und ihre Augen glühten wie Lava, so rot und so heiß. Ich wollte sofort aus dem Raum fliehen, aber irgendetwas hielt mich fest. Ich konnte nicht. Als sie mich dann erblickte, war es um mich geschehen. Ihre Gedanken oder ihre Seele betraten in der Form von grauem Nebel meinen Kopf, ihr Gesicht brannte sich in meine Gedanken ein. Mehr und mehr übernahm sie dann die Kontrolle über meinen Körper. Bis ich letztendlich aufgab. Doch noch bevor ich begriff, was ich damit zuließ, wurde alles um mich herum schwarz.

Als ich dann heute Morgen wieder meine Augen öffnete, steckte ich in diesem Körper."

Oliver fühlt eine ungeheure Verzweiflung in sich aufsteigen – und auch eine ohnmächtige Wut. Er ist immer noch etwas hin und her gerissen. Auch wenn er versucht, dieses zu verbergen. Seine Stimme wirkt aus diesem Grund unsicher, fast schüchtern. „Ich möchte dir gern glauben", sagt er auf einmal. „Dann tu das", erwidert sie aufmüpfig und schlägt im selben Atemzug ihre Augen sanft nieder. „Du bist mir auf eine unerklärliche Art vertraut. Mit jeder Geste, mit jedem deiner Worte, wird dieser Eindruck stärker. Meine Vernunft sagt mir, dass es nicht sein kann, und doch gibt es Augenblicke, in denen ich den Eindruck habe, du bist wirklich Natascha. Kannst du das begreifen?" Natascha öffnet ihre Augen wieder. Deren hilfloser Ausdruck rührt Oliver. Er nimmt ihre Hand und küsst diese zart. „Ich bin so verwirrt", flüstert sie kaum vernehmlich. „So benebelt, bitte lass mich nicht alleine." Beschämt murmelt er jetzt: „Du bist nicht alleine." Mit diesen banalen Worten versucht er sie etwas zu trösten, aber ihr zugleich auch wieder etwas Mut zuzusprechen. „Du hast dich daran erinnert, dass wir zusammengehören. Alles wird gut. Die Belastung für uns ist groß. Aber eines verspreche ich dir, wir werden eine Lösung finden und diesen Fluch von dir vertreiben." Er berührt jetzt ihre Stirn sanft mit seiner Hand und gibt ihr einen zweiten zarten Kuss. Diesmal auf die Stirn. Erleichtert atmet Natascha aus. „Du glaubst mir?" „Ja, natürlich." Dabei lächelt er liebevoll und zuversichtlich und schafft es, dass Natascha, zumindest eine Zeit lang wieder etwas Hoffnung schöpft. Sie legt ihre Hand auf seinem Arm, soweit dies durch ihre Fixierung überhaupt möglich ist, und fühlt sich geborgen und in Sicherheit. Sie schläft ein und Oliver steht leise auf, geht in Richtung Tür und ... „Ich bin nicht eingeschlafen, Schatz", sagt sie urplötzlich im Flüsterton. Er dreht sich erschrocken um und schaut in ihr wieder grübelndes Gesicht, erkennt ihren konzentrierten Blick, aber auch ihre neu gewonnene Hoffnung. So lächelt er sie kurz an und verlässt den Raum. „Unter den gegebenen Umständen wirkst du sehr gefasst", sagt er

noch, bevor er die Tür hinter sich schließt und
sie allein im Raum zurücklässt.

Encounter

Nachdem Oliver Darzy McLorney verlassen hat, muss er sich jetzt beeilen. Denn die Zeitvorgaben für seine zu betreuenden Bewohner und Bewohnerinnen sind durch dieses unerwartete Gespräch überhaupt nicht mehr einzuhalten. Fast drei Stunden Einzelbetreuung liegen hinter ihm. Wie soll er das nur rechtfertigen und plausibel argumentieren, geschweige denn sinnvoll dokumentieren? Völlig durcheinander und unter enormem Zeitdruck rast er jetzt von einem Zimmer zum anderen. Vier Bewohner arbeitet er geradezu ab und zu Herrn Cooper muss er auch noch. Gestresst wirft er einen Blick auf seine Uhr. 14 Uhr 27 steht auf dieser. „Kurz vor halb drei, super, dann schaff' ich das ja noch rechtzeitig", denkt Oliver zuversichtlich und hastet in den dritten Stock, wo Herr Cooper sein Zimmer hat. Angekommen sieht er sich suchend um.

„Wo war das Zimmer doch gleich? Ach ja." Doch als er weiterlaufen möchte, erschrickt er plötzlich. Eine alte Frau steht wie aus dem Nichts vor ihm.

„Ahhhh", schreit er entsetzt. „Mein Gott, haben Sie mich erschreckt", zischt er schwer atmend. Erst jetzt merkt Oliver, wer vor ihm steht – Frau Fraser.

Sichtlich erleichtert schnappt er nach Luft. „Sie haben mir einen ganz schönen Schrecken eingejagt, Frau Fraser. Wie sind Sie überhaupt hier hereingekommen? Das ist doch überhaupt nicht Ihre Station?" „Das ist schon richtig so, mein Junge", wiegelt Frau Fraser selbstsicher ab. „Ich besuche doch nur meine Schwägerin." Verwundert fragt er nach. „Ihre Schwägerin? Ach ja, Frau … wie war doch gleich der Name?" Die alte Dame verdreht ihre Augen und meint: „Mein Junge, in Ihrem Alter konnte ich mir Namen viel besser merken als Sie. Sie sollten vielleicht einmal zum Arzt und das überprüfen lassen. Vielleicht leiden Sie schon daran." „An was?" Fast vorwurfsvoll sagt sie: „Na an, verflixt, wie heißt das noch mal?" Ärgerlich mit sich selbst schimpfend watschelt sie weiter. Oliver beobachtet sie dabei noch etwas, bis sie das Ende des

Korridors erreicht hat. Da erinnert er sich auch wieder selbst, wohin er eigentlich wollte. „Demenz", schreit auf einmal eine Stimme in sein Ohr. Erschrocken dreht er sich um und schaut verblüfft in das Gesicht von Frau Fraser, die eben noch am anderen Ende des Flures stand. Ihre Augen sind jetzt wie zwei Magnete, er kann sich nicht dagegen wehren. Er muss sie anschauen, und gleichzeitig beschleunigt sein Herz in einen wilden Galopp. Schweißperlen glänzen auf seiner Stirn und seine Handflächen sondern unkontrolliert Feuchtigkeit ab.

„Wie konnte Frau Fraser so schnell wieder zurückkommen?", schießt es ihm durch den Kopf. „Sehen Sie, ich erinnere mich." Ein zufriedenes Lächeln umspielt ihren Mund. „Übrigens wussten Sie, dass sich Ihre Praktikantin sehr emsig bemüht. Ich hab sie gestern Abend um zehn noch hier herumlaufen sehen, mit einem dicken Märchenbuch unter dem Arm. Zu so später Stunde habe ich sie hier noch nie gesehen. Sie sollten sich ein Beispiel an ihr nehmen. So etwas nenne ich echte Arbeitsmoral. Aber na ja, Sie sind ja auch schon etwas älter als das Mädchen." Hämisches Grinsen. „Und vergesslicher." Mit diesen Worten lässt sie Oliver alleine stehen und watschelt erneut langsam über den Flur. Einen Moment lang ist Oliver wie vor den Kopf gestoßen, was ihm sogleich absurd erscheint. „Heute sind hier wohl alle etwas durch den Wind", glaubt er und klopft an die Zimmertür von Herrn Cooper.

„Wer ist da?", ertönt eine Stimme. „Ich bin es, Herr Oliver Tyler, Ihr Betreuer. Wir haben uns doch für heute 14 Uhr 30 verabredet." Oliver will sogleich eintreten, aber die Tür ist abgeschlossen. Das überrascht ihn sichtlich. „Warum haben Sie sich denn eingeschlossen?", fragt Oliver nach. „Ich komme ja schon. Ich muss nur noch gerade auf Toilette." Oliver hält inne und wartet geduldig, bis der Herr kommt. Dabei schweifen seine Gedanken wieder ab. Eigentlich möchte er ja nicht mehr an das merkwürdige Gespräch mit Frau McLorney denken. Doch der Gedanke an das, was sie ihm erzählt hat, spukt immer noch in seinem

Kopf herum. Aber warum nur lässt dieser ihn nicht los? Wartend grübelt er. Seine Gefühle sind dabei hin und her gerissen. Wird er schon verrückt, dass er Selbstgespräche führt? Das, was die alte Frau ihm erzählt hat, kann doch unmöglich wahr sein! Aber wenn … Da öffnet sich endlich die Tür ein Stück. Herr Cooper schaut mit einem müden Gesichtsausdruck durch den Türspalt. Doch als seine Augen Oliver erblicken, funkeln diese erfreut. Mit wenigen Handgriffen entriegelt er die Tür, begrüßt Oliver aufgeregt und bittet ihn herein. Anschließend schließt sich die Tür wie von Geisterhand selbst. Mit einem seltsamen Geräusch fällt sie mit einem Schnappen ins Schloss. Herr Cooper merkt Olivers Verwunderung darüber und flüstert: „Das ist nur der Wind." Oliver blickt zum Fenster, es ist geschlossen. „Der Wind? Aber das Fenster ist doch geschlossen!" Gereizt reagiert Herr Cooper auf den Einwand.

„Dann akzeptieren Sie einfach die Tatsache, dass die Tür von alleine zugefallen ist. Der Rest ist doch jetzt völlig uninteressant." Oliver verdreht die Augen, während Herr Cooper

erneut im Badezimmer verschwindet. Oliver
bemerkt, dass die Stimmung im Raum eine
ganz andere ist als sonst. Eine Totenstille.
Diese breitet sich kontinuierlich aus, ohne dass
etwas passiert. Oliver ist das alles sehr
suspekt, da kommt Herr Cooper wieder
zurück. Voll beladen mit alten,
zusammengeschnürten Dokumentenbündeln.
„Warum helfen Sie mir nicht?", fragt der alte
Mann mit zornigem Unterton. „Die Jugend
von heute!", beklagt er sich kurz. Doch da hat
Oliver ihn schon von der Last befreit.
Vorsichtig trägt er die umfangreichen
Papierbündel und legt sie auf den
ehrwürdigen Arbeitstisch. Dann breitet er die
verschiedensten Papiere, Urkunden und
Bücher aus. Einige tragen den warnenden
Vermerk „Streng geheim", andere sind alt und
vergilbt und manche so mürbe, dass Oliver
fürchtet, sie könnten sich unter seinen Fingern
auflösen.

„Ich habe uns sämtliche Unterlagen kommen
lassen, die ich seit Jahren für diesen
Augenblick gesammelt habe. In den Ordnern

finden wir alles, was ich bisher herausbekommen habe."

„Was haben Sie herausbekommen?"

„Dann fasse ich zusammen: Ich habe Ihnen doch erzählt, dass mir Ihre neue Praktikantin sehr bekannt vorkommt! Sie erinnert mich stark an eine Frau, die mir schon einmal in meiner Kindheit begegnet ist."

„Ja, das ist aber völlig unmöglich."

„Warten Sie ab! Seien Sie doch still!", protestiert Herr Cooper energisch.

„Ich bitte Sie um absolute Diskretion über alles, was ich Ihnen jetzt erzähle, sonst halten mich hier alle für verrückt", gibt er zu verstehen.

„In der letzten Nacht ist etwas vorgefallen."

„Was soll denn vorgefallen sein?"

„Unterbrechen Sie mich bitte nicht immer, sonst werden wir vor morgen nicht fertig. Ich habe einen sehr leichten Schlaf und habe in der Nacht ein merkwürdiges Klopfen gehört. Deshalb bin ich auch aufgestanden, um der Sache auf den Grund zu gehen, und herauszufinden, woher dieser nervige Ton kommt. Die Quelle und den Ursprung konnte ich anfangs jedoch nicht ausmachen. Nur, dass der Klang von außerhalb kommen muss. Von der Neugier gepackt, habe ich darum mein Zimmer verlassen. Nur mit einem Morgenmantel bekleidet. Ich bin dann weiter über den Flur Richtung Fahrstuhl gelaufen. Immer noch suchend, nach dem Ursprung dieses merkwürdigen Geräusches."

Während Herr Cooper weitererzählt, sieht sich Oliver die Dokumente aufmerksam nacheinander an.

„Durch Zufall bin ich dann Ihrer Praktikantin begegnet. Ich war völlig überrascht, sie hier um diese Zeit noch anzutreffen. Sie zitterte stark und hielt krampfhaft ein dickes Buch fest, sodass mir klar wurde, dass ich erst eine Antwort bekomme, wenn sie sich wieder beruhigt hat. Aber vielleicht war das ja auch meine Chance. Dachte ich zumindest. Wenn sie nämlich einen psychischen Schock erlitten hat, und so sah das für mich aus, würde sie vielleicht ehrlich auf meine Fragen antworten. Doch weshalb hat sie überhaupt einen Schock bekommen? Dies geschieht meistens nur durch plötzlich hereinbrechende und belastende Ereignisse – egal."

Scheinbar abwesend starrt Oliver immer noch in die Unterlagen.

„Sagen Sie mal, hören Sie mir überhaupt noch zu?"

„Was?" Oliver blinzelt.

„Entschuldigen Sie … aber hier steht ..."

„Ich weiß, was da steht, aber könnten Sie mir bitte noch bis zum Ende zuhören?", beharrt Herr Cooper etwas ungeduldig.

„Also, ich hab' sie dann gefragt, ob wir uns vielleicht schon einmal irgendwo begegnet sind. Ihre schönen geschwungenen Lippen, ihre mandelförmigen Augen und ihr akkurater Haarschnitt kommen mir so bekannt vor. Daraufhin stammelt sie verlegen: ‚Es tut mir wirklich leid, aber ich habe keine Ahnung, wann wir uns schon einmal gesehen haben sollten.' Auf einmal wurde es mucksmäuschenstill. Das Geräusch, dem ich gefolgt bin, verstummte einfach so."

„Und?"

„Nun ja, Ihre Praktikantin ist dann gegangen und ich bin zurück auf mein Zimmer."

„Das ist ja höchst interessant! Aber ich verstehe nicht ein Wort von dem, was Sie mir damit sagen möchten."

„Sie haben mir den entscheidenden Hinweis geliefert, doch ich hatte ihn erst nicht verstanden."

Etwas misstrauisch schaut Oliver ihn etwas genauer an.

„Ich verstehe Sie auch nicht."

„Montessori-Phänomen."

„Ich verstehe immer noch nicht."

„Das Montessori-Phänomen ist eine Polarisation der Aufmerksamkeit. Durch eine explorative Tätigkeit, Fixierung auf etwas Interessantes, kann sich jeder Mensch erstaunlich lange Zeit völlig von seiner Umwelt abschotten. Sich also sozusagen selbst vergessen."

„Aha."

„Das ist auch möglich, wenn man unter keinerlei demenziellen Veränderungen leidet. Also völlig gesund ist."

„Und was soll mir das jetzt sagen?" Er stockt und hebt unschlüssig die Schultern. Oliver lächelt souverän und beendet das Gespräch, ohne Herrn Cooper vor den Kopf zu stoßen. „Danke für das Gespräch, aber ich habe noch eine Verabredung." „Irgendetwas habe ich übersehen." „Herr Cooper, seien Sie mir nicht böse, aber ich muss jetzt wirklich los." Dann verlässt er den Raum und schließt die Tür hinter sich. Kaum hat Oliver den Raum verlassen, vergisst er auch schon das Gespräch. Seine gesamte Aufmerksamkeit fokussiert sich jetzt auf seine Verabredung mit Natascha. Immer wieder schießt ihm durch den Kopf: „16 Uhr beim Bäcker am Eck, 16 Uhr." Wie von einer Tarantel gestochen sprintet er wieder los. Unaufhaltsam, so schnell ihn seine Beine tragen. Immer wieder blickt er dabei auf seine Armbanduhr, und so erreicht er tatsächlich auf Schusters Rappen pünktlich das Café. Völlig außer Atem, muss er erst mehrmals hintereinander tief Luft holen. Dann setzt er sich und wartet.

„Darf ich Ihnen etwas bringen?", fragte auf einmal wie aus heiterem Himmel die Kellnerin, die er vorher gar nicht als solche erkannt hat. Oliver denkt einen Moment nach. „Ja, bringen Sie mir doch bitte einen Cappuccino."

„Gerne."

So genießt er genüsslich seine Kaffeespezialität, während er darauf wartet, dass seine Verabredung erscheint. Die Wartezeit vergeht jedoch für ihn sehr langsam. So bestellt er einen Cappuccino nach dem anderen. Nervosität steigt in ihm auf. Denn es ist jetzt schon kurz vor fünf. Seit einer Stunde wartet er nun schon auf Natascha. Aber niemand erscheint. Anrufen kann er sie auch nicht, da beide ihre Telefonnummern nicht ausgetauscht haben. Oliver wollte nämlich nicht, dass sie vielleicht irgendwann bei ihm zuhause einfach anruft und seine Freundin dann eventuell an den Apparat geht. Durch so etwas entstehen nämlich sukzessive Missverständnisse ohne tatsächliche Gründe.

Was ihm aber gerade immer mehr zu schaffen macht, ist die Tatsache, dass Natascha die Verabredung nicht einhält. Warum nur? So wartet er noch eine ganze weitere Stunde, bevor er mit einem leichten Kaffeerausch seine Zelte abbricht und verschwindet.

„Ich werde morgen darüber mit ihr auf der Arbeit sprechen", denkt er.

The time is over

Stetig und unaufhaltsam vorwärts bewegen sich die Zeiger der alten Wanduhr in Darzy McLorneys Zimmer. 23 Uhr 58. In dem totenstillen Zimmer bricht auf einmal in Darzys Kopf ein dröhnender Lärm los. Urplötzlich kann sie nicht mehr schlafen. Ihre Fingerspitzen kribbeln, und ihre Gedanken schwirren wie gefangene Insekten in ihrem Kopf herum. Den ganzen Tag schon hat sie über die Worte von Oliver nachgedacht. Jetzt fällt es ihr wie Schuppen von den Augen. Kein Mensch ist da. Und das, obwohl Oliver ihr doch versprochen hat, für sie da zu sein. Andächtige Stille. Allmählich realisiert sie, dass ihr wahrscheinlich keiner glaubt. Es ist … es ist, als hätte sie alle Hoffnung auf einmal verloren – und nun brechen all die unterdrückten Gefühle aus ihr heraus. Sie beißt sich wieder auf die Unterlippe und wirkt, als müsste sie weinen. Sie gibt sich Mühe, ihre Emotionen unter

Kontrolle zu halten. Doch es fällt ihr nicht leicht. Ihre Lider beginnen zu flattern und die Augen füllen sich mit salzigem Augenwasser, die erste Träne fließt über die Wange, fällt auf die Bettdecke und wird von dieser lechzend aufgesaugt. Auch ihr Körper scheint auf diese Anspannung instinktiv zu reagieren. Sie spürt jetzt eine leichte Übelkeit und zugleich ein schmerzhaftes Drehen um ihren Nabel herum. Aus ihrer Nase fließt etwas Blut und ihre Gliedmaßen beginnen ruckartig und unkontrolliert zu zittern. Die Luft wird immer dünner und kälter und das Atmen fällt ihr schwerer. Angstvoll reißt sie ihren Mund auf, versucht verzweifelt Luft zu holen. Doch die Angst in ihr wird immer übermächtiger.

Auf einmal beobachtet sie, wie ein Schatten über die Zimmerdecke huscht. Panik macht sich breit. Und da schon wieder! Was ist das? Abrupt wird es still um sie herum. Es ist so leise, dass Natascha sogar ihren eigenen Herzschlag unter der Bettdecke hören kann.

Es ist gespenstisch ruhig, doch ihre Körperfunktionen normalisieren sich merkwürdigerweise.

Da vernimmt sie auf einmal ein Knarren aus einer der dunklen Zimmerecken und ihre innere Anspannung steigt wieder erheblich an.

Herzkammerrasen. An der kahlen Zimmerwand entdeckt sie kleine, tanzende bunte Flecken und schon wieder Schatten, die durch den Raum zu geistern scheinen. Als ihr dann auch noch bewusst wird, dass außer ihr noch mehrere Personen im Raum sind, setzt sie sich ruckartig auf.

Doch diese Aktion wird durch die Fixierung ihrer Hände arg behindert. Mit deutlicher Stimme stellt sie die naheliegendste Frage: „Wer seid ihr?"

Pause. Jetzt hört sie Schritte, Schritte, die immer näher kommen. Auch ein leises Nuscheln nimmt sie wahr, von vielen verschiedenen Stimmen.

„Seid nüchtern und wachet; denn euer Widersacher, der Teufel, geht umher wie ein brüllender Löwe und sucht, welchen er verschlinge."

Unheimliches Lachen.

„Sie sind im falschen Körper! Richtig?"

„Wer seid ihr?"

„Sie haben keine Ahnung, was mit Ihnen passiert ist! Richtig?"

„Wer seid ihr?",

schreit sie lauter.

„Sie leiden unter Desorientierung. Das ist eine Störung der kognitiven Leistung des Gehirns, die dazu führt, dass sie unfähig sind, sich räumlich, zeitlich, situativ oder in Bezug auf die eigene Person zurechtzufinden."

Natascha verstummt kurz und ihre Angst und Anspannung verschwindet wieder aus ihrem hageren Gesicht.

„Mir fällt ein Stein vom Herzen", sagt sie erleichtert.

„Sie sind Arzt? Hat Oliver Sie geschickt?"

„Nein."

Ein schreckliches Lachen ertönt.

„Ich habe dir nur das erzählt, was du hören wolltest. Sag, glaubst du an Gott?"

In diesem Augenblick entblößen die Gestalten ihre Fratzen und Natascha weiß, was für ein Schicksal sie erwartet. Sie schließt die Augen und spürt, wie sie langsam in sie eindringen, sie ausfüllen und sich der Körper von Darzy McLorney von ihrer Seele trennt. Sie spürt, wie sie vom Tod umarmt wird.

Es ist 24 Uhr. Der Körper der Darzy McLorney haucht seinen letzten Atemzug aus und der Kopf senkt sich auf die Seite. Die alte Dame ist tot.

Suppose

Warm und herzlich scheint die Morgensonne durch das Fenster, direkt auf Olivers Bett. Langsam öffnet er seine Augen und das, obwohl der Wecker noch gar nicht geklingelt hat. Sein Gesicht wirkt heute friedlich, seine Züge entspannt und er fühlt sich pudelwohl. Voller Tatendrang vollrichtet er seine täglichen Rituale. Selbst seine Freundin ist heute seltsamerweise sehr freundlich und Toby erzählt voller Stolz, dass er das Kinderbuch „Der Angsthase Pfeffernase" gefunden hat. Mit dem Reim, den sie vor einigen Jahren zusammen gedichtet haben. Dieser ist zwar nicht mehr deutlich zu erkennen, aber Toby möchte versuchen, ihn nach der Schule zu rekonstruieren. Stolz streichelt Oliver seinem Sohn durch die Haare.

„Weißt du was, Dad!" sagt Toby.

„Wenn der Text komplett erkennbar ist, komme ich einfach bei dir vorbei."

„Das musst du aber nicht extra. Ich kann ihn mir auch heute Abend mit dir gemeinsam ansehen. Was hältst du davon?"

Toby schüttelt den Kopf.

„Nein, ich komme vorbei."

„Okay."

Oliver beißt herzhaft von seinem Frühstücksbrot ab und verlässt gemeinsam mit seinem Sohn die Wohnung. Am Bahnhof trennen sich ihre Wege und so steht Oliver schon wenige Sekunden später alleine auf dem Bahnsteig. Natürlich nicht völlig alleine, sondern mit circa ein- bis zweihundert weiteren Bahngästen. Während er nun so auf den Zug wartet, durchkämmen seine Augen die Menschenmenge – plötzlich hält er verblüfft inne. Nur wenige Meter entfernt entdeckt er nämlich den alten obdachlosen Mann wieder, der halb abgewandt von ihm steht und so tut, als ob er geschäftig telefoniert. Dabei hat er überhaupt kein Telefon. Lediglich seine verschmutzte Hand am Ohr simuliert einen Hörer. Als der Herumtreiber Oliver ebenfalls erblickt, versucht er sich heimlich aus dem Staub zu machen. Doch dieser Versuch scheitert. Denn Oliver hastet blitzschnell zu dem Mann hinüber und hält ihn am Arm fest. Dabei ist sein Gesicht geprägt von Entschlossenheit und in seinen Augen leuchtet ein Wille, der gestärkt wirkt, so wie durch tiefes Gottvertrauen.

Verängstigt zuckt der Alte zusammen und hält schützend seine Arme vor das Gesicht. Dabei fleht er laut:

„Tun Sie mir nichts. Ich habe Sie doch nur vor ihm gewarnt, oder nicht?"

„Und vor wem haben Sie mich gewarnt?"

„Vor dem Bösen – vor Darzy McLorney", schreit er hilflos. Dabei öffnet er seinen Mund, wie ein Fisch, der nach Luft schnappt. Weshalb auch augenblicklich alle Augen der anwesenden Fahrgäste auf die beiden gerichtet sind. Sogleich lässt Oliver von dem Mann ab. Zitternd fällt Oliver auf den Boden. Sein Gehirn dreht sich im Kreis. Jetzt ist er es, der nach Luft schnappt. Sofort kriechen die Bilder der letzten Tage hervor und überfallen ihn mit ganzer Wucht.

„Woher kennen Sie Frau McLorney?", fragt Oliver immer noch unter Schock.

„Durch eine Vision", antwortet der Stadtstreicher.

„Durch eine Vision?"

„Ja."

Er nickt, und als er das entgeisterte Gesicht von Oliver sieht, erklärt er rasch:

„Keine Sorge, so etwas habe ich schon hundert Mal gesehen, doch niemals hat jemand meine Warnung ernst genommen. Eine Vision ist ein Bild einer möglichen Zukunft und ich habe gesehen, wie ein Dämon mit Tausenden von Augen … nun egal … die Zeit ist sowieso abgelaufen."

„Die 958 Minuten, die ich noch hatte? Sie hätten mir vielleicht alles etwas deutlicher erklären müssen."

„Das ist aber gegen die Regel."

„Die Regel von wem?", fragt Oliver verdutzt. Dabei sieht der Obdachlose sinnbildlich nach oben.

„Ich habe nur einzelne Bilder gesehen, darunter Ihr Gesicht und das von einer alten Frau namens Darzy McLorney. Außerdem bin ich inzwischen so verängstigt, dass es mich lähmt. Während meiner Vision hat eine Stimme immer dieselben prägnanten Worte wiederholt: Seid nüchtern und wachet; denn euer Widersacher, der Teufel, geht umher wie ein brüllender Löwe und sucht, welchen er verschlinge. Und diese Worte habe ich an Sie weitergegeben. In der Hoffnung, dass Sie damit irgendetwas anfangen können. Doch Pustekuchen, Sie sind hier und scheinbar haben auch Sie nichts mit ihnen anfangen können. Also wird das Böse, Darzy McLorney, wohl auch diesmal einen Sieg davongetragen haben. Aber es gibt ja immer ein nächstes Mal."

„Ein nächstes Mal?"

Ein zuversichtliches Grinsen blinkt über die Lippen des Alten.

„Ja, es heißt doch, man sieht sich immer zweimal."

Mit diesen Worten verlässt der Stadtstreicher den Bahnsteig und Oliver setzt nachdenklich seine Reise fort. Als er das Seniorenheim erreicht, trifft er in der Lobby eine seiner Kolleginnen.

„Hallo, Oliver, wie geht es dir heute?"

„Danke, gut, und dir?"

Seine Kollegin atmet schwer. „Heute finden die Höhepunkt des Tages bereits in den frühen Morgenstunden statt."

„Warum? Was ist schon wieder passiert?"

Die Kollegin sieht Oliver mitleidig an.

„Seit einigen Tagen ist das hier ein richtiges Horrorheim!"

„Seit nur einigen Tagen?", scherzt er zurück.

„Das ist gar nicht lustig", rückt die Kollegin die Geschehnisse zurecht.

„Erst stirbt gestern in diesem Haus eine junge Praktikantin und seitdem wirken fast alle Bewohner wie orientierungslose Zombies. So als wäre auf einmal eine Epidemie ausgebrochen, die alle befallen hat."

Kurze Atempause.

„Zudem leiden die meisten jetzt auch noch unter einem merkwürdigen Bewegungsdrang und ihre kognitiven Leistungsfähigkeiten sind ebenfalls ins Bodenlose gefallen. Das sind alles keine Einzelfälle. Das habe ich von mehreren Mitarbeitern von verschiedenen Stationen gehört."

Oliver versucht die Bedenken und Ängste der Kollegin zu entschärfen.

„Ach, das ist doch alles nur Zufall."

„Zufall? Nein! Eine Warnung."

Misstrauisch betrachtet er seine Gesprächspartnerin. Diese spricht weiter:

„Wer verängstigt ist, redet anders als fröhliche, entspannte Menschen."

„Das ist richtig."

„Gut, zurück zum Thema. Heute Morgen ist hier alles noch sonderbarer als sonst. Noch nie gab es so viele Krankmeldungen von Kollegen und Kolleginnen und zwei haben sogar fristlos gekündigt."

Jetzt wirkt Oliver doch ein bisschen überrascht.

„Das ist aber noch nicht alles, in der Nacht sind mehrere Bewohner gestorben."

Oliver steht urplötzlich unter Schock. Im selben Moment vernimmt er um sich herum ein seltsames Stimmengewirr und das Gespräch wirkt merkwürdig gedämpft, so als würde sein Gehirn sich ausklinken.

„Darzy McLorney", sagt er mit zittriger Stimme.

„Ja", bestätigt seine Kollegin, „Darzy McLorney, Frau Fraser und ..."

Das Stimmengewirr wird unerträglich laut – bis es schlagartig wieder verstummt und Oliver nur noch ein leichtes Pfeifen in seinen Gehörgängen vernimmt.

„... Piep ... haben uns in der letzten Nacht verlassen."

Nur ein leises „Oh" dringt aus seinem Mund.

Dann geht er weiter. Während er so geht, denkt er heftig nach, wohin er eigentlich möchte ... Er taumelt etwas und bemerkt schließlich voller Staunen, dass ihm seine Beine nicht richtig gehorchen. Sie scheinen einen eigenen Weg eingeschlagen zu haben. Aber wohin?

„Egal", denkt er jetzt lautlos.

„Schließlich gibt es verschiedene Formen von Gleichgültigkeit, die ausreichen, um jedes Schicksal zu überwinden. Denn nicht, was wir erleben, sondern wie wir empfinden, was wir erleben, macht unser Schicksal aus."*

(*Marie von Ebner-Eschenbach, 1830–1916).

So ergibt er sich aufs Allerwilligste seiner Bestimmung und steht wenige Minuten später vor der Zimmertür von Herrn Cooper.

Alles um ihn herum wirkt unwirklich. Noch bevor er anklopfen kann, öffnet sich die Tür wie von Geisterhand. Oliver erkennt Herrn Cooper, der friedlich auf einem alten Ohrensessel sitzt.

„Darf ich eintreten?", fragt er freundlich.

„Kommen Sie ruhig näher, Mister. Ich habe Sie schon erwartet!"

Ehe er sich versieht, sitzt er ebenfalls auf einem Ohrensessel neben Herrn Cooper. Für den Bruchteil eines Augenblicks ist er verwirrt.

„Ich habe gar nicht gewusst, dass Sie zwei Sessel besitzen. Wo kommt der den her?" Anklagend sieht Herr Cooper zu Oliver hinüber.

„Warum stellen Sie denn immer die falschen Fragen? Habe ich mich in Ihnen so getäuscht?" Derangiert wird Oliver still.

„Ich habe mit Ihnen noch etwas zu besprechen, bevor ich Sie verlasse."

„Sie wollen uns verlassen und zur Konkurrenz wechseln?", scherzt Oliver mit einem strahlenden Zahnpastalächeln.

Herr Cooper starrt fassungslos und schüttelt dabei mit seinem Kopf.

„Können Sie auch einmal etwas ernst nehmen?"

„Also der Ernst hat sich heute krankschreiben lassen, hat mir eine Kollegin erzählt."

„Papperlapapp, seien Sie still und hören Sie mir zu. Mir ist aufgefallen, dass Sie in den letzten Tagen einige Sinnestäuschungen erlebt haben – richtig?"

„Wie kommen Sie darauf?"

„Ich bin Psychiater gewesen, schon vergessen?" Interessiert folgt Oliver jetzt den Ausführungen.

„Ein Psychiater ist ein Facharzt, der sich mit allen Gesundheitsstörungen beschäftigt, die Seele und Geist eines Menschen betreffen. Er untersucht und behandelt diese krankhaften Veränderungen."

Oliver wird etwas unruhig auf seinem Sessel.

„Solche Veränderungen können durch zurückliegende belastende lebensgeschichtliche Ereignisse, durch seelische Konflikte und zwischenmenschliche Spannungen, aber auch durch Veränderungen des Gehirnstoffwechsels und der Gehirnsubstanz verursacht werden."

„Was hat das Ganze mit mir zu tun?"

„Unerklärliche Ängste, Depressionen, Zwangsgedanken, Wahrnehmungsstörungen, Konzentrations- und Aufmerksamkeitsdefizite können Symptome dafür sein."

Oliver unterbricht empört.

„Wollen Sie etwa behaupten, ich sei nicht bei klarem Verstand?"

„Doch, genau das glauben Sie doch selbst",
poltert Herr Cooper zurück.

„Meinen Sie, ich kann nicht beurteilen, ob ich
verrückt bin oder nicht??"

„Sie spüren doch, dass Sie sich verändern! Sie
wollen es nur einfach nicht wahrhaben.
Schalten Sie doch ihre Gedanken einmal
wieder ein oder beobachten Sie sich einfach
selbst. Sicherlich haben Sie schon festgestellt,
dass sich Personen und Objekte innerhalb
Ihrer Umwelt stoßweise verändern und Sie
verschiedene Situationen fern oder unwirklich
erleben."

Oliver erwidert nichts.

„Solche Erlebnisse einer Entfremdung
gegenüber der Umwelt werden auch als
Derealisation bezeichnet."

Pause.

„Die Umwelt erscheint einem dabei häufig als
plötzlich unvertraut, auch wenn jedes Detail
problemlos wiedererkannt und eingeordnet
wird."

Verängstigt erwidert Oliver kleinlaut:

„Sie meinen, ich leide unter einem
veränderten Bewusstseinszustand oder an
Halluzinationen?"

Herr Cooper legt seinen Arm auf Olivers.
„Herr Tyler, Sie sind nicht unbedingt
begabter, besser ausgebildet oder intelligenter
als andere Menschen, aber Sie lieben Ihre
Arbeit mit großer Hingabe."

Daraufhin nickt Oliver zustimmend.

„Ja, ich bin gerne Alltagsbegleiter."

Herr Cooper ermutigt ihn, weiter zu
überlegen. Oliver mosert noch ein bisschen,
fängt aber gleich darauf an, weiter laut
nachzudenken.

„Das ein oder andere erscheint mir schon
merkwürdig. Frau Darzy McLorney hat
behauptet, sie sei meine heimliche Geliebte
Natascha und Frau Fraser hat sich ebenfalls
merkwürdig, fast schon dämonisch verhalten
und auf dem Bahnhof, da bin ich …"

Oliver erzählt und erzählt und Herr Cooper
hört ihm geduldig dabei zu.

„Es gibt so vieles, was ich mir nicht erklären
kann, Herr Cooper. Vielleicht gibt es aber auch
für das alles eine einfach Erklärung?"

Fragend sieht Oliver herüber. Herr Cooper
starrt ihn wortlos an. Sein Gesichtsausdruck
zeigt eine Mischung aus Überraschung,
Freude, Stolz – aber auch leichter Bestürzung.

„Veränderungen sind etwas völlig Normales.
Sie gehören sozusagen zum Leben. Wichtig ist
nur, dass man nicht nur von seinen
Erinnerungen zehren kann und zurückkehrt,
ins Hier und Jetzt."

„Könnten Sie bitte ganz langsam und deutlich
sprechen, ich verstehe nicht ganz."

Tausend offene Fragen überschlagen sich
buchstäblich in Olivers Kopf.

„Hier und jetzt?"

Behutsam versucht Herr Cooper, Oliver in die
Realität zurückzuführen, will ihn von seinen
Illusionen abbringen. Doch Oliver ist völlig
durcheinander.

„Aber … aber …" „Herr Tyler, angenommen,
alles, was Sie in den letzten Tage erlebt haben,
war für Sie real."

„Warum auch nicht?"

„Nehmen wir das einmal an und nehmen wir
auch einmal an, dass Sie vielleicht gar keine 44
Jahre mehr alt sind, sondern 96. Herr Tyler, Sie
als Seniorenbetreuer, welche Diagnose
würden Sie sich selber stellen?"

Der Blick seiner Augen geht ins Nichts, als
könnte er gar nichts mehr wahrnehmen. Seine
Augen sehen leer und fast leblos aus.

„Ich frage Sie noch einmal: Welche Eigendiagnose?"

Oliver konzentriert sich und antwortet in einer vornehmen altmodischen Sprache.

„Eine demenzielle Veränderung – DEMENZ. Die Demenz gehört zu den häufigsten Krankheitssyndromen im Alter und umschreibt einen Abbau des Gedächtnisses sowie anderer kognitiver, emotionaler und sozialer Fähigkeiten und Fertigkeiten. Aber Demenz ist doch eine Alterskrankheit! Oder nicht?"

Oliver wartet auf eine Antwort. Doch er erhält keine von Herrn Cooper. Denn Herr Cooper scheint den Raum schon verlassen zu haben.

Immer wieder denkt Oliver nun über all das nach, versteht es nicht und denkt alles noch einmal durch. Seine Gedanken tanzen chaotisch durch seinen Kopf. Verwirrung breitet sich in ihm aus und immer neue Fragen: Was er über sich selbst denkt und wie er sich verhält. In diesem Moment öffnet sich die Tür und eine Pflegeassistenz betritt den Raum.

„Ach, hier sind Sie, Herr Tyler. Ich wollte

ihnen nur mitteilen, dass Ihr Sohn da ist."
Im nächsten Moment wandelt sich die
Verwirrtheit in Olivers Augen in ein
freudestrahlendes Lächeln.
„Ja, der Kleine wollte mir ein Buch zeigen mit
einem Reim, den wir vor Jahren zusammen
gedichtet haben."
„Das ist aber schön", freut sich die Pflegerin
mit Oliver.
„Ihr Sohn wartet in der Lobby."
„Danke."
So schnell ihn seine Beine tragen können, flitzt
er nun geradezu in die Empfangshalle des
Seniorenheims.

Dort angekommen muss er aber erst einmal
kräftig nach Luft schnappen. Völlig erschöpft
richtet er sich langsam auf und sieht in die
Gesichter der Menschen. Seine Augen
wandern stumm durch die Halle.
„Sie muss sich geirrt haben", denkt Oliver
enttäuscht und geht langsam wieder zurück.
Da wird er von einem jungen Mann
aufgehalten, der beladen mit zwei Cappuc-
cinotassen Oliver den Weg versperrt.
„Entschuldigung, dürfte ich bitte einmal

vorbei? Ich muss nämlich noch arbeiten", sagt Oliver etwas griesgrämig. Der junge Mann scheint diese Antwort aber zu ignorieren und möchte Oliver zu einem Cappuccino einladen. Doch Oliver lehnt dankend ab.

„Schade, ich würde gern mit dir einen Cappuccino trinken und vielleicht etwas reden, Dad."

Wie vom Blitz getroffen bleibt Oliver nun stehen. Seine Augen starren nur noch wie gebannt auf die Glastür vor ihm. Dort spiegelt sich sein Spiegelbild wieder. Das Bild eines 44-jährigen Seniorenbetreuers. Was sich aber kurzerhand in das Abbild eines Senioren verwandelt.

Als Oliver dies wahrnimmt, rinnen einige Tränen seine Wange hinunter, und Toby legt seinen rechten Arm ganz sanft auf die Schulter seines Vaters.

Dieser flüstert halblaut: „Bist du Toby?"

Toby kratzt sich am Kopf und muss dabei selbst seine Tränen zurückhalten.

„Ja, ich bin dein Sohn."

„Wirklich?"

Toby nimmt seinen alten Vater etwas kräftiger

in den Arm. Dabei füllen sich seine Augenlider unaufhaltsam mit Tränen.

„Ich bin es wirklich", sagt er leise und trägt seinem Vater mit viel Gefühl und Liebe die Strophen des gemeinsam geschriebenen Gedichts vor. Oliver ist dabei wieder klar im Kopf und befindet sich im Hier und Jetzt. Ein für ihn besonders schöner Moment, wenn auch etwas beängstigend. Denn in seiner eigenen Welt ist er immer noch ein aktiver Seniorenbetreuer und hier nun ein alter Mann.

Wenige Tage später stirbt Oliver und mit ihm seine ganz eigene Welt.
Angenommen, diese eigene Welt wäre wahr.
Was wäre dann mit Darzy McLorney?
Würde sie nicht im Körper von Natascha weiterexistieren?

Vielleicht??

ENDE

Meine Passion:
„Trash- und Schundliteratur"

D enis Geier, geboren 1971 in Halle (Saale), wurde 2012 von der TÜV-Nord-Akademie in Hannover zum ambulanten Pflege- und Betreuungsassistenten qualifiziert. Nach mehreren zusätzlichen Fortbildungen in den Bereichen Hypnose und Klangmassage sowie als zertifizierter Massagepraktiker für Wellness, Entspannung und Prävention ist er seit 2012 als Aktivierungscoach für Senioren tätig. Seit Ende 2013 schreibt und veröffentlicht er zusätzlich als Self-Publisher Bücher zur Seniorenbeschäftigung. Nach kurzer Zeit erweiterte er seinen Senioren-Kreativitätsfundus um zahlreiche Kinderbücher, Kurzromane und Malbücher für Erwachsene. So gibt es mittlerweile weit über 80 Veröffentlichungen, an denen Herr Geier mitwirkte. „Darunter sind nicht nur gute Publikationen", gibt der Autor offen zu und fährt fort: „Mit Ausnahme der Seniorenbe-schäftigungsbücher schreibe ich schon eine

Menge Schund und so tun mir manchmal sogar die Korrekturleser leid, die sich diese Texte als Erstes antun müssen. Doch mein Kopf ist halt voller Ideen und die wollen alle in die weite Welt hinaus."

Dass es Herrn Geier nicht an Ideenreichtum mangelt, bestätigen die zahlreichen Onlinebewertungen seiner Bücher. Nur die Art der Umsetzung wird dort überwiegend kritisiert. So avancierte Herr Geier seit 2014 stetig mehr zum Trash-Autor und zählt nach der Veröffentlichung der Bücher „Die Reise nach Paradoxa" und „Die Almhütte am Teufelsberg" zu den wenigen deutschsprachigen Trash- und Schundbuchautoren, die auch in der Öffentlichkeit mit ihren richtigen Namen zu ihren Werken stehen. So können sich ab sofort wieder alle Freunde dieser minderwertigen und seichten Geschichten auf einen neuen Trash-Kurzroman von Herrn Geier freuen.

Von Denis Geier sind folgende TRASH-Bücher erschienen:

Zeitfracht Medien GmbH
Ferdinand-Jühlke-Straße 7
99095 Erfurt, Deutschland
produktsicherheit@kolibri360.de